黃昏過客

沙究著

三民叢刊37

三民書局印行

黃昏過客

沙究 著

代序

遲到的小說家

雷驤

倘若要列論喜愛的作家，我們往往一時間難以舉薦具體的理由。就像我們對某一相投的友人，如果必得道出他的特質，不假思索卽可得到的，反而是他的諸多缺失；或致命的弱質等等。至於為彼人吸引的不渝友誼的終究，彷彿並不容易向第三者表述明白。——而那畢竟是最先的根源性的存在罷，且構成印象中體積最龐者。

當我提筆記寫沙究獲獎的困境，猶如上面的引喻。

沙究的創作風貌籠統的說：自一九六〇年時代，超現實的寓言設局——將人生之窘，純化為單一的局限，卽時導引出互動的戲劇性張力。這個年輕的文學體質，卽已定基在這個道途上，反複追究了。後來，逐漸吸納夥衆的現實素材進入，小說與讀者間的媒介增強，使作家的面貌，出現一種明晰的通情達理。但沙究的特異質素並無損減，反而日益爛熟。小說家原所著力的〔人生之窘〕，遂以各款各式的變奏，呈現吾人面前。

時序已進入一九八〇年代。沙究創作發表的速率，由《文學季刊》之後的完全沉寂，突然躍昇到頻繁。一九八六刊行的短篇小說結集：《浮生》〔圓神版〕大致描繪出後段的廓貌。七十七年度時報文學獎小說組的決審團，雖然圍繞沙究八八年間創作的〈黃昏過客〉等七篇，但早先作家長遠獨行的道途，必也成為最終決意的依憑。

由於值得感謝的機緣，我有幸與沙究自少年時代卽已相識，因而別具觀察的角度。每屆約定的友人聚會日，無人能把握沙究的到與不到。事實上，羣友畢集之後，乃連連接聽他從外地撥來遲疑不決的電話。直到在場者皆都放棄指待，這時，也許他微笑彳亍而至……

對沙究而言，來與不來；言與不言；寫與不寫，是一件永遠饒富思索的徘徊。

當我這麼想著的時候，油然掠過一個記憶裡的意象——被日光照耀的某一噴水池緣，兩隻蟾蜍，體積較大的一隻，背負著小的，形同母子。然而熟悉生物學的人都知道：那是蟾蜍之交配。

母蟾蜍熱烈地排出卵液，以至於周身濕成一灘之際，背上的那隻公的，猶在眨眼思索；或竟東張西望呢。

目次

黃昏過客

車站廣場中央是座噴水池，淺淺的積水浮游廢棄的紙裝飲料盒，沒有風，像翻白的魚屍，半邊形骸暴露午後掩藏的秋陽之下。

許多人坐在鑲深紅磁磚的圓形水泥階上。有人將旅行袋放進腹股之間托腮直視前方，有人鬢邊垂下耳機導線，兩腳不停抖顫，有人攤開報紙，掛著眼鏡，專心閱讀；有人運動眼睛左右搜巡，彷彿隨時準備參與任何一件突發的趣事；有人從火車站走出來，登上水泥臺階往噴水池探望，停頓幾秒鐘，又轉回車站，消失人羣之中，那些三三兩兩聚在一塊的年輕人，或立或坐，帶著誇張的手勢，談論自己的話題……

灰鬱天空下，噴水池有如笨拙的畫師，拿起看不見的一隻椽筆，將這些不相襯托的單調顏色，漫意塗抹它的四緣。

百無聊賴的時刻裏，面對這些和我不相連屬的陌生人，無論怎麼縱容自己的想像，總無法從他們顯露的少得可憐的資料，例如，姿態臉色，去進行一場了解，甚至關懷。這些偶然機緣和我同處這塊方圓之地，或老或少的人，獨自的思慮云爲之外，究竟還有什麼樣的牽連？

他們在等候特定的火車班次罷？或是映著午後渾芒的陽光，靜心獨坐，攝取人羣的溫暖？

或是邀約的以及被邀約的，等著見面會合？

或是毫無目的，只因懶坐而不願意輕易移動身體？

凡諸種種，或許簡單的事象背後各有一番邏輯，只是我們沒有足夠能力將之全盤入眼。

至於我呢？

我是一家汽車銷售公司的推銷員，由於不滿意眼前的工作，買好車票，準備搭乘火車南下回到我的出生之地。我的女友，也就是公司老闆的女兒，爲此還和我吵了一架。

她說：「隨意拋下工作，你將永遠學不到如何盡責！」

可是我心中感覺很委屈。

「我想休息幾天，如此而已。」

「監理所方面誰去和他們交涉？」

「這個，妳會安排的。」

聽出我語調的冷淡，她噴膠後整齊髮型下幾何造形的耳環不停晃動，從抽屜裏面數出一疊鈔票遞到我面前。

「這是你的薪水。」她說。

「難道請幾天假都不成？」

我兩手壓在她的辦公桌，等待她或是我自動軟化來化解這場不快。我終於把鈔票塞進口袋。

她的父親跨出辦公桌，走到門口：

「當然可以請假，請幾天都行。」

說著，給我一根香煙。隔著玻璃窗，我看見修護組的工人卸下一部新型車種的輪胎。

「你不要爲那部車子自責，」他說：「出車禍的原因很多，既然我們賣得出去，當然都是好車子。」

「可是我早說過方向盤有問題。」

「那也不應該算是問題，握方向盤，每個人都有他們不同的習慣。」

我不滿意他的說辭，也不想得罪他，離開公司的時候，還對他深深彎腰鞠躬。

在我的家鄉，山巒起伏。窗前濃鬱樹蔭，淨潔的空氣，可以讓我酣睡整個下午，鷄舍堆積的肥料，可以使番石榴垂垂青纍引來各色鳥類的啁啾；走出竹林外小徑，蝕壞兩顆門牙的嬸婆或許還在呼呼吆喝她晚起的孫子；那月色，撒在飛舞跤騰的禾稻；我們曾經合拳暗發誓言……帶著一身盛裝回去，我的父母會坐在曬穀場上和我一道喝茶；弟妹將圍攏過來，以稱羡的眼光要我講述都會的新鮮故事。許久以來，我幾乎淡忘了這些平凡卻熟悉的事物；晨間夢醒，即刻跑進盥洗室，洗刷滿嘴的穢臭，然後一天就在抖擻間不覺過去啦。

　　這就是我。買好車票，厠雜在噴水池前水泥階臺，成爲人羣互不相關的組合中的一員。我所搭乘的火車，十分鐘後就要進站。走進車站，我的鞋跟在大理石磨石地磚蹬蹬響，兩排塑膠長椅候車的人紛紛望向我。不久前，我的女友和我代表公司參加總公司建廠十周年酒會，她狠狠瞪我一眼說：「少土，鞋底安鐵釘早就不流行啦。」當我們向總經理敬酒時，我逐漸接近的蹬蹬響，害得總經理夫人神經緊張地把酒濺了一地，低胸的白色禮服沾滿使她驚叫不已的汚點。

　　我的蹬蹬響必然吵了許多人，連塑膠長椅最裏側的年輕孕婦，把睡在臂彎的小孩抱起來，小小頭顱貼靠她的胸前輕輕撫拍。

　　我站在候車室中央，拘謹自己的腳步，小心翼翼走到剪票口。隔著鋁製柵欄，已經有稀稀疏疏的幾個旅客在月臺候車。

　　剪票員拿起我的車票握在手中，另外一隻手的食指扣著中指一剪一剪，剪到我的領帶。使個臉色要我湊近，低聲說：

　　「千萬不能傳揚出去，我只告訴你一個人，這班火車不會來啦，它在行駛途中出了大車禍。」

接著對我曖昧微笑。從我乘坐火車開始，像他這般會耍幽默的人還是第一次見到。

「既然如此，爲什麼照常剪乘客的票？」

我覺得去貼他的心意是一件很有趣的事。

「我不能不剪，」他的微笑仍舊讓人莫辨眞假：「站長和寫告示牌的同僚匆忙處理車禍去了，沒有將口令轉達給我，我無法越權向大家宣佈消息。至於告訴你，也是剪了你的票以後才說的，我沒怠忽職守。」

「好啦，玩笑到此結束。」我拿回車票，端顏正色說：「告訴我，火車慢多少分鐘？」

「懷疑我說的話，對我是一種侮辱。」

輕哼一聲，他轉過頭去整理手中的車票，這回我有些相信他的話啦。

「如果我繼續等下去，你認爲什麼時候才有南下的火車？」

「站長剛走不久，還沒有車禍的確切消息，我想沒人能回答你的問題。」

月臺上和我同樣搭乘這班南下火車的人，依然站著等候火車駛來。他們比我幸運多啦，因爲不知道，所以可以繼續等下去；我連等候的機會都沒有，只有我知道那班火車是不會在預定的時刻內開來。

我又回到鑲深紅磁磚的小臺階。黃昏將逝，遠處鬧街亮起點點燈光。我應該轉換其他的交通工具，公路局車站就在我的左側，即使經過繁瑣的輾轉車行，總是一條通暢的路。

這時噴水池開始噴泉啦。水從高低密排的銅管高速溢出，高昂的水滴映著昏暗背後的一片茫茫的天色，五顏八色的彩色燈隱映變易，閃出動人的無聲弦律。嘶嘶嘩嘩的水聲擊打四周積水，像幽池中一朵盛張的白蓮，噴泉傲然矗立於蠕動不已的大地。

入夜舒暖的氛圍烘托噴泉和暢怡人的景象。我附耳傾聽，彷彿遙遠不可知處直射一團迷人的簫籟，抽搐我的胸懷。

爲什麼一定趕著回家？

那些戲水的孩童不是在追逐中緋紅他們的臉頰？

水池臺階前靜坐的一些人，不是有了共同的仰望？

倘使我也像他們；日落前便坐著，心中一些兒也不急躁，不就有機會了解自己的等待？

火車笛聲由遠漸近灌滿我的耳朵，分不清來自南或來自北；我看見目視所及的每一個人流露溫柔無比的善意。我想過去擁抱每一個人，即使他們推開我，說我失禮。

羈旅

1

從計畫旅行到整頓裝具，我們花了幾近一天的時間準備。再沒有其他的力量能夠磨蝕我們長久擺列心中，探索家鄉外景觀的堅強宿念。大家約定日後在島內最南端的楓村會合，從座落島內北端的家鄉，在煙霧掩蓋的潭畔，分別取定一個方向，三個人就出發啦。

當我們還是中學的年代，有位駐足廟口吟唱的旅遊者告訴我們：從楓村越過蟲豸盤據的山嶺，午夜他在山巔一幢獨立茅舍受到陌生女子的招待。他說：想環島一周，那裏是必經之地；那白皙臉龐泛着潤光的女子，她的胸懷爲任何受困的旅人而敞開。

隱潛間我們受到強烈的鼓舞，於是，會合後順道瞻仰她的容顏，成爲我們不輕易洩漏的共同鵠的。

我騎上祖父的二十八吋腳踏車。當年祖父用這部簡單的工具到家鄉附近四處販賣棉襪，即使父親已在鎮公所謀得職位，負起家計的責任，祖父仍舊將早年的苦力承擔作爲步入晚年的生活操練。父親從來不敢面對橫紋日深的祖父提出退休的建議，直到尼龍絲線工業興起，表叔的工廠倒閉，失去貨源，祖父的苦力才順勢輟手。這部保養妥善，曾是我們全家唯一謀生的腳踏車，高中畢業那年便由我繼承。祖父死時我正在學校上課，父親告訴我：祖父斷氣前特別囑咐讓我擁有這部車，兄弟當中，我的腳勁最足。

握着車柄急馳南下。陽光在一百八十度圓弧的天幕運行不已。清晨到黃昏，熾熱的光彩不斷傾瀉撫摩我的背脊，公路兩旁蜿蜒的路樹爲我開導一條直行的指標。汗水由皮膚每一細孔滲出，凝聚衣衫裏，我從而領會向我介紹楓村的旅遊者，或是和我生活二十多年的老祖父，也曾如此將忙碌的筋骨投入漫漫路徑，使自己成爲靜謐風景的一種畫面。

銀色的鋼骨映著黃昏餘暉，現出斑駁晦蝕的跡痕，輪鏈隨我的使力吱吱造響。這部蒼老的腳踏車，似乎從未休息，以致傳代易主後，隨著運作發出不平凡的嗚咽。沿途景象配奏它的響聲，我的意志精聚一股無與倫比的熱潮。祖父勞苦一生，臨終要我擔當它的主人，或許暗示我應從腳勁的踩踏中體驗事理的玄秘罷。我站立高岡，手掌托著落地的樹葉，嘴口沁出芳香，生命彷彿此刻開始成長。太陽垂掛廣延無盡的海面上，我第一次眞確感覺，波瀾之上是團照射整個大地的堅實球體，宇宙是羣互相牽掣的星球表現它們微妙力量的場所，我們正是被安排的諧調中一部份……

2

經過幾個城鎮，旅行的經驗逐漸豐富，對人羣的聚散或是倏忽穿竄的景色，由於稔熟而興味遲鈍。陽光的熱力成爲我的巨大負擔，它不停在皮膚肆虐，混身疼痛，張眼目觸卽刻帶來一陣眩盲。

於是白天蟄伏廉價客棧，等陽光減弱才搖起踏板沿公路前進。面對單調，寂寞的夜晚，連人羣風物都看不到啦。大地籠罩無盡的黑暗，如果不勤快踩踏，掛在車柄中央，依靠摩擦生電的車燈便黯淡到無法辨識路徑的地步……我無法靜心思考，勞力佔據這段旅途的全部。

和我採取不同途徑的二個朋友，他們正在做什麼？是否以較爲睿智的方式安排這趟旅行？徒步，或者乘車？楓村會合前，我們完全沒有辦法互通信息。

唯一能連繫的是我的家人，我持續寫信給父親敍述旅途見聞，我照實記載，避免無謂的情懷徒增家人的誤會。我告訴他們：

經過日曬，我黑鬱的皮膚，讓停駐吸血的蚊蚋不勝光滑而溜落。

某些路段，我在腳踏車手把前端繫掛兩只葫蘆以袪除深夜獨行的悚慄，葫蘆搖來搖去，像緘默的骷髏，疾風不停貫入它敗裂的眶眥。

那天駛過一座鐵橋，迎面而來運載砂石的大卡車，颳起一陣風，我連人帶車飛過橋墩，摔進二丈深的草叢，跌斷兩顆門牙。

半夜我翻越山嶺，躲入一家門前安放八卦的木屋簷下休息，我聽見婦人的痛苦呻吟，以及突然迸發的細嬰哭聲。

我在鹿鎮看見一個滿臉泛白鬍鬚的江湖人，牽着慵懶衰弱的老猴，焚燒符咒，燃起詭譎的灰煙。他的眼睛越過圍觀的人羣，飛舞彎刀向我注視，而後在衆人嘆息聲中，頹然倒地。

我在古松下聽到不知何處傳來的叮噹鈴聲，那時我正在啃噬背囊中僅剩的一片乾縮麵包。

我看見鑼鼓不斷的送葬行列，赭紅色棺材上方的車頂，死者的照片眉頭深皺。執紼人肅穆哀嚎，微雨中，我與他們擦身而過。

3

信上我只能署寫地名，家人收到信，我已置身異域。父親無法和我這個行蹤隨時變異的旅人連絡，我瞭解，從我離開家門，所有的負擔便落在自己身上。

我並不畏懼承擔，心中憂慮的是一切似乎沒有出發時那樣昂揚起勁。白天太熱，夜晚太黑，日以繼夜，好像償付一件漫無止境的誓言。祖父終其一生沿村貨賣，擁有他的腳踏車，我彷彿延續他離開世間後仍舊存在的苦力，我是被挑選來執行他的意志而已。

不能有自己的想法嗎？

或許錯誤的工具擾亂了安排？

我暗自忖度，將旅行以來遭遇的種種，翻理爲靈光乍現的獨斷。

於是一天午後，我離開客棧，走進一家腳踏車店和混身油垢的店東認眞交涉。

握住踏板繞了幾圈。

「太舊啦，」他搖頭喃喃地說。

「你應該看鑲鑄鋼骨的小銅牌，可是英國腓力蒲二十八寸的標準車。」

「嶄新的確是好車，現在將它擺進我的店裏，幾年都不可能脫手。」

「隨便開個價。」

聽我這樣說，他俯身仔細檢查，可是很快完成他專業性的試測，丢下鎯頭再次搖頭：

「我不想收購，所以不能開價。」

交易失敗令我沮喪。只要他隨便開個價，甚至比廢鐵低廉的價格我都會賣。我只想將祖父的這部腳踏車擺在它應該存在的地方，然後搭乘火車到楓村。店東不懂我的心意。

我只好再踏上旅途，從城鎮到村落，村落到城鎮，陪伴着腳踏車吱吱的嗚咽。

我已經旅行漫漫的一段時日。

依照公路醒目的指標，再過幾公里，那東西交通輳會的楓村就要出現啦。

4

到達楓村，天邊映照燦爛的霞彩，佇立碼頭渡口，漁船嘟嘟航向波光粼粼的大海。

我住進距離碼頭不遠的一家客棧，洗淨一身汗水，不覺疲憊而入睡，醒來窗外透進一束柔和的晨光。

我寫信給父親，在楓村臨海租賃一間價格低廉的乾淨客房，等待尚未到達的二個朋友，當我們會齊，將翻山越嶺，跨進另一段旅途。

每天黃昏，我散步到碼頭等候我的朋友，當初我們約定在那裏會合。幾天過去，楓村的每個角落幾乎被我遊遍，巍巍彩雕的大廟，傾圮的土築老厝，始建村聚的最早一彎曲巷，清晨喧囂的市鬧，黃昏船隻卸下魚貨的呼聲霍霍……雖然耐心等待，我的朋友始終沒有如我預期那般出現。

父親沒回我一封信，家裏沒有裝置電話，即使鄉念蠢動，我也無法溫存他們傳來的語聲。負責櫃臺的老婦對我每天向她求索信函，訊問消息漸漸不耐。

「我每天都爲你打電話，」老婦人放下手中的毛線，懨懨撫摩她灰白的髮絲：「沒有一家旅舍有你所描述的朋友，近來生意清淡，外鄉人我們很容易知道。」

「從北方還有其他的路到楓村嗎?」

「如果你是指現在站立的楓村，當然只有一條縱貫路。」

老婦人放下毛線，接著又說：

「楓村只是個地名，要是別處還有地方也叫楓村，我就不曉得如何回答你。」

朋友仍舊未到達，我也忘了在那家客棧住進多少時日。那天早上，我正爲身邊寥寥可數的幾張鈔票發愁，我下樓來希望老婦人看在老主顧份上，暫時讓我賒欠。櫃臺擺著一束鮮花，毛球掉在地上，老婦人低頭沈睡，我沒有叫醒她。從這天起，我不再見到她，也沒有人來收我的賬，口袋的紙鈔是愈來愈少啦。

對父親的來信和朋友的到來，我已經完全絕望。老婦人很久沒來整理我的房間，牆角結了一片偌大的蜘蛛網。不曉得這家客棧是否還有其他的客人，每天我都是到廚房自動服侍自己的茶水。躺臥床上，百感交集，心中充塞孑然一身的孤獨。

我留下一張賒欠宿費的字條給老婦人，等回家再據數寄達。老婦人始終不再露面，也就不去想這樣做是否妥當。因爲我不能不走，再住下去我將絕糧。

5

我又騎上祖父那部銹痕斑斑的腳踏車，經過碼頭，黃昏的渡口跟我初來時一樣絢麗，我想佇立一會，作臨行前最後的溫存。

就在渡口的第三個栓繩矮柱，我終於看見我的二個朋友，穿着整齊的西裝，面海望斜陽，身旁停駐一部嶄新的轎車。

「平德——芳實——」我激動而興奮地喊叫。

他們異常驚訝，張瞪錯愕的眼睛。

「先生，」平德說：「你怎麼知道我的祖父的名字？」

「少跟我玩笑，我等得夠久啦。」

芳實也上下打量我。他說：

「我的祖父的確叫芳實，你究竟怎麼認識他的？我們不是在地人，今天早上才從北部駕車過來，他們想到南部叫楓村的漁港看海，兩個老人就在車上，你可以去看看。」

他們眞會變把戲！我想把這兩個人好好搥一陣子再說。可是他們的架勢使我不敢貿然出手。

「我是你們的朋友紹基，」我說：「不要再哄我——」

平德搖下車窗，將我叫過去。

他說：「先生，我們眞的不認識叫紹基的人，從小也不曾聽祖父說起他有這樣一個朋友。你可以親自去問。」

車裏的兩個老人，其中一個垂頭打盹，另外一個樣子有幾分像平德的，帶着瘓散的眼神望着我不停喘息，張嘴欲語卻發不出聲音。然後伸出乾燥多鱗的手，一邊抖幌，似乎想和我接觸，中途又乏力而落下。人到老就是這種垂死的狼狽模樣嗎？我不禁打了寒顫。

平德又把車窗搖上。

「你們不會認識罷？」

說着，聳肩攤手，一幅冷淡不耐的樣子。

「我們很忙碌，請不要打擾我們陪老人欣賞黃昏的美景。」

「他們跟我玩眞的！」我氣憤塡膺。

太陽已西落，我踏着祖父的腳踏車投入將面臨的漫長旅程。越過楓村街道最後一盞路燈，才感覺久未運動，肌肉僵硬，釋脫力道的疲倦，後視鏡映出我摺皺的臉龐。這時我聽到四面八方響起令人酣醉的悠揚樂聲，我彷佛看見當年旅遊者所說的，那位胸懷爲任何受困旅人敞開的陌生女子，靜立不遠山頭，白皙的臉腮泛着動人的潤光……

球賽

當我們不知覺間，轉到戲弄別人這個話題時，我的朋友突然精神奮張，猛吸幾口氣，方才回復平日一貫的舒緩語調。

「有關作弄別人的事蹟不勝枚舉，有時是刻意醞釀，有時是刹那間火花交迸的靈機閃動。當我立意要弄一個人，胸臆間卽刻躊躇滿志，熱情充沛，像從沉重抑鬱釋脫出來，露出狡詐的銳牙和溼黏的舌頭，慢慢聞嗅我所取定的對象……」

水壺熱氣向上騰冒，窗外，月色掩映在青楓扶疏的葉片裏。

「外人我先略去不講，發生在家人當中的玩笑，已經足夠說明我內心的感受。」

看著我將熱水沖進茶壺，他停頓幾秒鐘，撮口喝茶，繼續說：

「剛進小學不久，有一次父親的兩個朋友來拜訪。其中一個我認得，他在嘉義火車站附近開飯館，父親常去那裏喝酒。酩酊大醉回家，不敢進母親房間，總是擠來我的小牀，酒氣熏天，害我胃翻欲嘔。他們在客廳談了很久，後來一齊走到酒櫃，裏面擺滿父親收藏多年的各色奇珍佳釀。父親打開酒櫃，注意到書桌前寫功課的我，過來對我說：『今天兩位叔叔來的事，不能跟媽媽講。』

看我沒應聲，父親不放心，又加上一句。

『知道了嗎？』

『爲什麼不能講？』

『不要多問，他們來借錢的。』

父親回到酒櫃，拿出一些酒瓶摸摸弄弄，再遞到朋友手中。平常父親在母親面前唯唯諾諾的拘謹樣子我看多啦，可是他的手掌很大，不苟言笑的時候，那神情常令我頭皮發麻。他們在一塊的事，既然和母親扯上關係，心裏就輕鬆許多。

我緩緩接近酒櫃。父親住火車站前的朋友蹲下身，幫父親把放置地上的酒瓶歸回原位。每一蹲身，肥大的屁股和我的臉孔平齊。那時學校流行放屁比響的遊戲，我想那樣龐大的身體放氣一定驚天動地。於是我把手中削得尖尖的鉛筆對準他的肛門插入。『哎喲！』一聲，他跳得半天高，我一溜煙，奔回書桌繼續寫功課。父親看朋友撫著肛門，又看到我忽促閃開，心下明白，怒聲呼叫：

『剛才做什麼好事，老實說！』

父親手掌很驚人，我緊繃著臉，滲出一身汗，只爲聽一聲響屁，竟然闖了禍。

『怎麼回事？』父親問他的朋友。

『沒事，沒事！』

他笑容可掬，將我拉過去，爲安慰我的驚嚇，抱進懷裏，輕輕撫摸我的頭。

『你眞好命，』父親的朋友說：『這小孩天庭飽滿，將來是個將才。』第一次和大人耍遊戲，以爲會遭狠狠責罵，想不到獲得的卻是嘖嘖讚賞。」

聽完，我微微哂笑。對他瘦小斯文的外表，竟然蘊藏兒時豐富的頑耍機巧，感覺十分有趣。

「敢在陌生人面前囂張的小孩，通常背後都有靠山，你說是不是？」我問道。

「照你的說法，我的靠山應該是母親。我是有些被她溺愛的樣子，可是我很少指望她會適時出來替我解圍，她很忙，經常在外面奔跑。兄弟姐妹裏面，我長得和他們很不相像，犯了錯，父親的拍聲打在我身上特別響亮。他整天在家管理木材工廠，隨時都有整治我的機會。責罵次數多了，我就時常觀察他的臉色，以便知道他的手掌什麼時候落下。父親的朋友實在很倒楣，試探父親的反應才是我與趣所在，心想，既然他有所顧忌，看能處罰我到什麼樣的地步。」

「那麼小，胸中就有城府？」

「應該說是躲避父親巴掌的直覺反應。我家在嘉義經營木材工廠，熙熙攘攘六、七十個工人和吱吱嚓嚓機器刨削聲，在祖先留下來大約一甲土地上，建立自給自足的小王國。父親是老實人，只要工廠刨削出來的木料合乎售賣規格，便算完成自己的本業。母親卻是靈活能幹，再大的生意她都敢主動和人接洽。工廠所能生產的，倘若不足顧客需求的數量，她就到嘉義其他木材工廠到處跑，任何困難都能迎刃而解。父親從祖父手中接下這些產業，最初只有二架刨削機器，母親嫁過來，家族才開始興旺。

「我們小王國裏，母親是女皇，父親是女皇的丈夫。母親喜歡發號司令，父親總像擎著大旗貫徹她主張的御前卒。兄弟姊妹當中我最小，上面兩個哥哥很怕她，姊姊也不太跟她說話。我自小頑皮好動，因爲功課最行，也就最貼她的心坎。母親想把工廠指揮權等我長大後交給我，父親沒表示意見，哥哥也覺得順理成章，親戚朋友眼裏，我是與衆不同的。

「可是後來我竟然連母親也戲耍啦。高二那年暑假，有一個叫黑田的日本人來嘉義接洽購買梧桐木，我們在飯店請他吃飯。母親嫌父親嘴笨，哥哥欠機伶，只准我陪她赴約。母親在嘉義商界素有聲望，擁有日據時代高商學歷，是個相當優雅的女性。論臉孔，我看過的女人只有大我四歲的姊姊可以跟她相比。那時她四十幾歲，可是很難由臉上找出歲月的刻痕，薄施脂粉大概還令男人傾心的罷。她穿件藍花格子低領洋裝，緊緊細細的腰身，溫柔燈光下看來像三十多歲的成熟婦人。黑田這名字直覺就怪異，滿頭細鬈的灰髮，看了令人不自在。母親向黑田倒酒，領口稍往下翻，我靠得近，頭一轉就看到她的乳溝。小時吸母親奶水長大，並不覺得什麼，但當母親稍微低傾，黑田就死盯她看。母親用流利的日語向他說明生意條件，他『嗨！嗨』應個不停，簡直噁心。

「母親領口下翻，有人盯她看，自己難道毫無感覺？做生意還需要這些額外的繁瑣機巧，不是挺無聊的嗎？

『媽，』當她握住啤酒瓶時，我故意朗聲說：『黑田的眼睛老盯妳的胸部！』

母親往四周看了一下，裝作若無其事的樣子，再傾身向黑田倒酒。黑田這回又逮住機會，失神迷醉在他的幻想裏。

『Mr. Hada, Is my mother beautiful?』

我不會日文，只有用學來的生硬英語一個音節一個音節地念出來。黑田清醒過來的時候，母親正用一隻手搗住自己的領口；他『喔！』了一聲，望向我，赧紅了臉，嘔嘔啞啞地半天說不出一句順暢的話。」

「這樣豈不是當衆讓你母親下不了臺？」我問。

「有時我懷疑自己是否罹患什麼心理病。本來我並不眞心給人家難堪，只是一股莫名的興奮昇起時，我恍恍惚惚的，很難控制自己。那種興奮的感覺很不好描述，勉強說，就像全身毛孔突然透了氣，無一處不舒暢。」

「從此以後，她對我比以前冷淡，說話常不看我。我想是警覺我開始對女性的性徵感興趣，本能維持一種自然的距離罷。其實初三的時候，我已經對異性充滿好奇心，坐公車看到女性稀疏的腋毛，常忍不住繼續看到她們下車。家裏的異性，只有姊姊年齡和我相近，我很想伺機偷看她洗澡換衣服。

「有一回，母親和大哥到軍營探望二哥，父親出去跟朋友喝酒。晚上吃飽飯，我坐在沙發看報紙，姊姊抱著浴巾由二樓下來洗澡。當她把換洗衣服放好，正要關上浴室的門，我請求她出來讓我上厠所。我偷偷把預先買好的二隻做得維妙維肖的塑膠蜈蚣，放進她的胸罩，大搖大擺回到沙發繼續看報。浴室傳來水的潑濺聲，混雜著姊姊伊伊哼哼的吟調，報紙上面的字，看來看去總徘徊在那幾行。

水聲停啦，我放下報紙，耳朵一陣嗡嗡響。安靜幾秒鐘罷，聽到如我預料的尖銳叫聲；設非早有陰謀，那聲音夠讓人毛骨悚然的。我急忙跑去敲浴室的門，姊姊將門打開，圍著浴巾，露出雪白的肩膀，萎縮牆邊，衣服散落一地。

『兩隻大蜈蚣，在那裏！』

像重病初癒丹田不足的人，先吸一口氣，她才得以吐露一個字。我在散落地上的衣服翻找。

『用腳踩踏，不要用手。』

看她幾乎嚇暈，我抓住二隻蜈蚣，囁囁地說：

『對不起，我放進去的。』

姊姊心神甫定，隨之漲紅臉，在我沒提防之下，伸手重重給我一個巴掌。大概盛怒用力過猛，浴巾由身上滑溜而下，雖然半邊臉頰發燙，但她的全身終究被我看得一清二楚。現在我年紀快三十，這還是我唯一一次看到女人毫無遮攔的裸裎。

「所以想戲弄人，並不是每次都有恃無恐，眼睛看不準，時間算不對，自己難免有所損傷。尤其對象是那時尚未嫁人的姊姊，感覺並不好，裏面摻和太多的抱疚。倘若今天我把這件事告訴姐夫，說不定另一邊臉頰會腫得像熱蒸的饅頭那樣。」

在我僅僅擺設書桌、書架和這套飲茶沙發的樸素書房裏，月光穿過遮障，透照牆壁，像繪畫中的留白，加增一層靜默的魅力。他點燃一根香菸，似乎暗中觀察我的反應。

「我就是無法控制自己，事前的亢奮與事後的懊喪都使我驚慌不已。尤其姊姊，我眞想趁她獨處的時候，跪下來請求原諒，卻怕重提羞赧事引起她的不快，許多事情就那樣擱著啦。」

「只有一件，我是徹頭徹尾熱情不減地進行我的戲弄，像狂放的天才完成了不起的藝術品，心中隨時充溢光輝燦爛的喜悅……

「大學外文系畢業，當兵回來，我在淡水一家外商藥廠找到一分文書工作。藥廠規模不小，員工大約有二百人，其中女性占一半以上。說來我們這些未婚，又是坐辦公室的男性是很被寵愛的。可是我又瘦又矮，喜歡理小平頭，愈是遇到體貌動人的異性，愈是不敢和她們說話。」

「我爲什麼沒有回嘉義，接下母親屬意的木材工廠？世事變幻莫測，行將畢業那年，我家瀕臨破產邊緣。我的阿姨倒債跑掉，母親爲她的銀行貸款作擔保，加上工廠產品嚴重滯銷；許多被認爲不合規格的木材均遭退貨，父親飲酒無度，肝疾住院。災難乍然像陣洪水，將我們積聚的資產一下子剝蝕殆盡。這種情形一直到我即將退伍仍舊沒有改善，父親病癒後體力衰退；母親鎮日周旋於債主之間；哥哥高中畢業服完兵役就留在家裏跟父親學裁割木料，家中的困厄他們同樣一籌莫展；姐姐遠嫁屛東，我們欠她夫家一筆不小的債務，過得也不怎麼遂心。於是母親叫我留在臺北，木材工廠當眞撐不下去，我可以作爲他們最後的依靠。」

「爲節省開支，我住工廠替高級幹部預備的單人宿舍。黃昏下班，站在陽臺觀賞靜躺的觀音山，倒能適合我的情志。可是自從同辦公室的老羅成爲我的鄰室，恬淡的生涯便被他打破啦。」

「老羅年紀和我相仿，比我慢兩個月進入藥廠。中午休息時刻，總在他的宿舍玩弄吉他。鏗鏘的絃聲和著低抑的吟唱，像一些趨赴時尚的大學生。強迫我去參與他的歡愉悲愁。每當歌聲傳來，我在牀上輾轉反側，期待睡眠使我神志蒼茫地產生一股惡恨的心念。

「起初只覺得這個人惹厭，心中並不存著報復的念頭。直到有一天我到淡水海口欣賞落日，看見他和同辦公室留著垂肩頭髮的女同事在堤岸優閒散步，我才決定徹底給他難堪，如我剛才說的，當我想戲弄一個人，我的心是沸騰的，即使想中途停住都已經來不及。

「說也奇怪，動了心念，彷彿一切都坦順起來。中午的歌聲雖然讓我俯抱被褥齧齒拊膺，可是從公司餐廳回來，我便著魔似地期待它的再現。那長髮的女同事微笑時浮起的小酒窩，曾經讓我暗暗思慕，現在我輕而易舉地從她上身找出她的淺薄庸俗……

「我密切注意他的舉動。好像預知我的企圖，衆人面前他總是溫文體貼，根本不給我任何可乘的機會。辦公室裏我精神常不能集中，甚至將公司交代的外文廣告稿，翻譯得聱牙難讀，惹來經理的一番訓誡。

「一天晚餐，大家都快吃飽啦。老羅用筷子把桌旁殘餚撥入自己的碗裏，她的女友輕緩剝開橘子，不經意撩了幾下頭髮；老羅像受到感染，也用兩手壓貼原本梳理整齊的頭髮。同桌的一位女同事看到了，對我抿嘴示意。壓抑許久想作弄的情緒，突然決堤崩潰，好像有人幫我從喉嚨吐出極其滑稽的聲音：

『年輕都很可愛，卽使兎唇也蠻有個性！』

老羅是辦公室唯一的兎唇，我在等待同桌三位女性的爆笑聲。可是我什麼也聽不到，只看到同桌六雙漠然怔怔的眼神。剛才向我抿嘴示意的女同事，放下剝到一半的橘子憤然站起，指著我說：『你這人怎麼這樣刻薄！』她的聲量大到其他餐桌的人以爲我們在吵嘴，許多人望向我這邊，腹中剛吃的東西猛烈翻絞，很不是滋味。

「計謀被識破，心中產生嚴重的挫折感。我一再鼓勵自己：『他是個厲害的角色，不要放過他！』可是沒有多大的效用，我逐漸感覺虛寒蒼涼。辦公室的人除非不得已，沒有人找我說話，老羅中午照彈他的吉他，黃昏吃飽飯常見不到身影。」

說到這裏，他有些激動，義憤塡膺而扭曲了嘴形。

「老兄，我當眞那樣陰險？我只是個卑微的人啊！」

「慢慢說，我一直在注意聽。」

我找不出更好的安慰話。他是我大學同學，一年前我們成爲合夥人，共同進口幾劑西藥，才開始注意到他的好脾氣。他做事勤快，到醫院推銷藥品的鍥而不捨常使我自歎不如，對利潤的分取也不甚在意。總之，很難找到這樣的人共事。

「藥廠一年當中最大的盛會是年假前的女性員工籃球決賽，經過月餘的初賽選出最強的兩隊，工廠放半天假，由洋人總經理親自主持這場拼鬪。

「老羅緣於大學時代的籃球經驗，月前由總經理責令籌畫這個工作。決賽這天，他親自下場擔任裁判，一身淡藍色運動服，煥發年輕人的英氣，沿籃球場邊緣來回跑，準確的裁決使球賽在悅人的節奏下進行著。

「涇渭分明的兩組啦啦隊呼聲震天。我間雜在衆多女性員工之中，對面老羅的女友和總經理比肩鄰坐，總經理不時側頭向她說話，她飄逸的長髮一起一落，明亮的前額烘托優美的臉龐。

「球賽進行十分劇烈，從上半場直到下半場前十分鐘，兩隊各有領先，差落的分數從未超過五分。呼吼聲如排山倒海。每當老羅一個哨音響起，全場頓時鴉雀無聲，目光集中在托球急速進入場中的老羅。

「我心中想，如果我是老羅，這將是我最快樂的一天。雖然惡戲的念頭蠢動，可是衆目睽睽之下我能做什麼？只要他在球賽顯露些微缺點，從此放棄對他的惡念，我都甘願。老羅卻不解情地，從頭到尾沒有一絲破綻。

「計分人員宣布球賽剩下最後五分鐘，兩隊差距一分。其中一隊有兩名球員進入替換，老羅邊跑邊看馬表，正要吹哨繼續比賽的刹那，他正好與隱遯角落的我四目相對，我乏勁的威儀躲藏著再也掩飾不了的苦笑。

『神氣嗎？最好你跌一跤！』

我費力自肚腹拼湊這句惡話。籃下一堆人搶球撞成一團，老羅吹哨急跑過去，銅哨從手中滑落，他彎腰撿拾，重心沒持穩，整個人摔倒在地，球場一陣嘩然。

『眞的跌倒啊！』

積壓已久的熱流湧上心田，淚水幾乎潮潤我的眼眶。老羅迅速爬起來，彈彈身上的灰塵，仍舊專心注目場內每一位球員的動作。

『再來一次，我的話就算靈驗！』

我暗自喃喃自語，目光投到老羅不停揮動的手勢。我清楚看到：他左邊腳跟勾住另一隻腳跟，身體往前傾，衣服和水泥地面發出沙沙摩擦聲，在地面重重打了一個翻滾。球場紛雜紊亂，兩隊爲這突變失去原有的章法，場外叫囂聲不斷……

「老羅的女友走近去，望著他滿身的灰垢。皺著眉頭，轉身回到座位。老羅勇敢站起繼續執行比賽，這回他舉步謹慎，像龍鍾的老人數著艱難的步履，英氣汩沒在逐漸萌生的恐懼裏茫然無措。

「我雙手交叉胸前冷眼旁觀這個變局。充塞乘勝追擊的興奮，內心的激昂燃起一團罩身的烈火，兩頰熱燙緋紅。

『讓他再跌倒罷！』

就在我吶喊的當兒，一位快步急攻的球員上籃，腳步沒踏穩滑倒仰躺地面，球撥拍兩下，滾到鐵架又彈回來。幾乎同一時刻，老羅以驚人的速度衝向場內，裁判和球員撞成一堆。全場喧聲四起，一團混亂。

「我已經沒有心情留在球場看完比賽。受傷的老羅一定在衆人矚目之下被擡出球場，誰勝誰敗已無關緊要。我往宿舍方向走去，幾個月來，憋一肚子寃枉氣，究竟還是狠狠戲弄了這個驕傲的傢伙。」

看他瞪起煞有其事的大眼，帶著巽柔無比的淚光，我寧願相信，這場得來不易的勝利，必然經過他內心長期煎熬，方才擷取了美妙的果實。

「眞有你兩下子！」我說。

「幾天後，我辭去藥廠的工作。」他說：「徹底把老羅打敗，我覺得那地方再沒有值得我留戀的。」

接著他綻開童稚般的笑容：

「你說得對，要弄別人，的確需要一點天賦。」

月亮升至半空，窗外青楓隨風搖曳，閃爍波浪般的晶光。像似極度疲倦，他站起舒活筋骨，揉著額頭，而後萎頓沙發裏。直到離去，他沒有再說任何一句話。

日環蝕

「你聽過天象變異對人情緒發生影響的說法罷？」高醫師從一只精緻木盒裏遞給我一支雪茄，笑著說。

高醫師是位聲譽卓著的眼科醫師，我常估計他診所的藥品卽將用罄，利用晚間休診把等待補充的藥劑送過去。自從哈雷彗星以微渺光點出現此地星空，每當我去拜訪，他的話題總圍繞在廣袤天際不可測知的幽微裏。

這項例行的交易拜訪，本來公司的業務員可以替我跑腿；由於談話投機，逐漸演化爲同樣步入中年的我們，相互期待的小聚會。在他四壁懸掛當代名畫家繪作的寂靜後廳，我們常這樣天馬行空地聊敘。

「像月圓之夜犯罪率昇高的說法，我是聽過的。」我說著，一方面深自呼吸，抵禦雪茄嗆鼻的苦悶。

「何止月圓之夜！」他說：「其他如潮汐漲退、太陽黑子移動也都有了玄妙的說法。其實說穿了，根本就是統計學的把戲！當人漸漸習慣機械式的生活，只接受一些狹窄而固定的外來訊息，於是撇開溫暖的心靈，寧願相信這些冰冷的機率……」

「或許所謂統計，無非表明存在那種有待察考的現象而已。」

「當然，你說得很對。可是——」

他接著說：

「客觀分析這些現象時，你可能很自在；拿來詮釋你將面臨的生涯，能不動心嗎？走在街上，路旁設攤的相士突然叫住你，指著你的印堂說他可以爲你破除霉氣或是一個風水師在你面前熱心解釋他的方位學，你當眞全然不動容？明知是那麼一回事。知道他們的說命最多只是一堆經驗統計資料；聽了以後，心中卻很彆扭，不是嗎？」

白色天花板上的壁虎噪噪叫了幾聲，我不自覺筋骨竦動。這些像似經過他內心嚴格省思，方才深吐的徐緩語調，使我微感不安。

講到這種彆扭──我打斷他的話：「上個月我想帶小孩爬山郊遊，唸高中的老大說：何不到祖母墳上看看。我想清明至今已有半年，母親的墳塚不知荒廢成什麼樣子，大家有心，頗令我欣喜。一到墳上，果然芒草掩蔽，蔓藤糾葛。我們動手整理這些雜穢時，旁邊一個築墳的老人跑來說：『動不得！』望著我們的錯愕，他接著說：『除非清明，胡亂動墳，會招來災厄。』『裏面躺著我的母親。』我說。『那也一樣！人死去茫茫渺渺，靈魂已經和你們斷絕一切陽世間的因緣，她認不得你們啦。隨便騷擾她的安寧，若是陰氣重的時刻，她會想，這些人爲什麼來上我的香？動我墳？是否有求於我？是否還有未了的寃債？魂魄可能與你們同行，運數差的，會成爲他的祟源。』聽了他的好意說解，雖然我很容易找出理由駁斥他的虛妄，可是心中一陣悶塞，終至收工下山。」

「你並不相信築墳老人的話，心中卻很害怕。」

「的確是這種感覺！究竟那是我的母親啊！」

「哈雷彗星七十六年巡廻一次，不也有連篇的洋鬼話？幾千年來可曾應驗那個？但它接近地球，許多人照常擾動不安。所以我認爲：天象人世間的牽連是間接的，天象變異產生的諸般現象，使人因之勾起一股莫名的內在恐懼！」

「內在恐懼？」

「你很淸楚：卽使死後有靈魂存在，你的母親無論如何不可能成爲你們的祟源。只是築墳老人營造的詭異氣氛，使你害怕。理性、邏輯，暫時失效；一下子你失去判斷的能力，這就是我所說的內在恐懼。」

我點頭稱是。

微弱的燈光由左邊照射，他的臉頰呈顯明暗的兩面。他皺眉沉思一會，抓起茶几上的剪紙刀，輕敲自己的手掌。

「你有過恐懼的感覺嗎？例如雷雨前，昏暗大地乍現的那種沉重抑壓……」

說著，說著，臉孔浮上一層我很少見到的肅穆。

「如果你不急著走，我倒想一吐爲快！說到天象變異，你很難相信我立志做眼科醫師，是一次日蝕引發我極端恐懼的結果。」

「那時我還很小——」

醫生繼續說他的故事，我儘量維持和易的笑容，隨時因應他敍說中不可測知的變調。

「我唸小學六年級的時候，正好此地出現一次難見的日環蝕。那天學校上半天課，我準備一些燻炭玻璃片跑到河邊空曠處進行我的觀測。

「我所到的河邊是小孩經常聚集遊戲的市場尾端，那裏有一處水泥舖築的平地，再過去是河邊垃圾場。時值初夏午後，陽光直透，因爲月亮已經開始鑲入，熱力消褪大半。我用玻璃隔開它的強光，太陽在半中天像塊被咬一大口的圓餅。水泥平地旁邊一株大榕樹，繁密枝椏的縫隙，瀉下一圈圈缺角的小圓，煞是好看。

「只有我一個人在垃圾堆旁觀日蝕。其他的小孩圍著不遠處準備燒冥屋作法事的喪家，中央那個弄雜耍的，兩手各拿一隻長長的木桿，白色瓷盤在上面快速旋轉。大家爲什麼不看日蝕？老師曾說，像這樣正鑲套入的環蝕，一生也難得看上一回，他們怎麼無動於衷？後來我想，那雜耍使弄了一個段落，會將銅幣飛灑過來，他們在那兒等著搶錢。

「月亮漸漸進入太陽的軀體，天空暗下來。當時的光線實在很難描述，不像清晨也不像黃昏，倒像經調色板和過，明裏透暗，暗裏透明。風從大榕樹那端吹來，我不禁打個寒顫。配合雜耍的鑼鼓聲乒乒乒亂敲，敲得我心慌。對岸竹林一伸一拉，似進反退地漫張搖晃；河水增快流速，倏忽間混雜水中穢物穿橋而過；水泥場上弄雜耍的，臉貌變得模糊，只聽到他疾速的吆喝聲；冥屋旁點燃燭光，肅然靜立的紙人彷彿有了生命，向四周的小孩招手……

「我當眞嚇著啦。起初是一陣毛孔竦立，接著像沉溺水中，渾身沒個著處。於是我拔腿就跑，使盡力勁往前衝。

「這一衝，衝到街上。我混混噩噩地撞進一個肥胖的婦人身上，她將我扶起來，我卻拉住她的裙邊毫不放鬆。大概我拉得太緊，她伸手想把我扳開，但越使力我拉得更緊。她兩手抱住我的頭顱望我一眼，頓時驚叫一聲，極力旋身摔開，飛也似地離我而去。

「直到今天，我仍舊在想，我究竟嚇成怎麼個樣子，爲什麼婦人那麼驚慌？

「我在街上徘徊許久。從昏暗到漸漸有些廻光，神智才開始清醒。廟口賣冰的搖著刨冰機擦擦響；幾個老人坐在廟階指著削角的太陽閒聊；賣油條杏仁漿的攤販，注滿一碗遞到客人手中；我的同學阿明，在他家百貨行門口，咬著甘蔗——我彷彿經過匪夷所思的天地急轉，以我無法澄清的速度，帶著狐疑眩惑，再次回到我所熟悉的世界。」

說到這裏，他頓了一下，又爲我點燃一根雪茄。那粗粗壯壯的夾在手中很不順適。濃郁的煙味飄浮著，仍舊悶心嗆鼻。

「你的遭遇簡直像一場夢境，」我說。

「絕對不是夢，」他說：「如果眞是一場夢就好啦。」

高醫師彈掉雪茄的灰燼，繼續說：

「回到家，我拿出小竹凳坐著發抖。我想家人應該很快看出我的神態異樣，可是他們沒有。我父親是地方上頗有名氣專治痲疹的中醫師，痲疹流行的季節，卽使午後我家病人照樣絡繹不絕。父親忙著爲發病的小孩把脈，藥櫃前母親忙著抓藥，因爲忙碌，我的顫抖，他們竟看不見眼裏。

「母親嘴唇上方滲著汗水，鎭尺壓住一疊藥單，她熟練地打開藥箱，手提微秤過量，摺好藥包，帶著生意人和易的笑容捧給顧客。我想現在是夜晚臨睡前多好，她會來小孩的房間和我們窩一起。我是家中的老大，下面有兩個弟弟，一個妹妹；母親有很豐滿的乳房，待她躺進被窩裏，四個小孩爭著抱她，有人在背後，有人在前胸，有人窩在腳旁，總之她身體的每一部份都被我們佔據啦。我望著她發呆，只想她現在是側躺著，我的頭縮進她的腋下，小手摸捏她的乳房，她溫柔梳理我的頭髮，多麼美好。

『阿全！』神情甫定，母親喊聲攢進我的耳朵。

『剛才玩到那裏去啦！快來幫忙。』

我走到她身旁。

她卻說：『這邊沒你的事，到樓上把整包川芎拿下來。』

「所謂樓上，其實只是堆積藥材的閣樓。舊式建築，店面上空挖空，由樓下往上瞧，閣樓一包包散亂的藥材盡了眼底。登上木梯，我到處翻找，卻看不到寫著川芎兩字的紙包。我站在中空處樓板邊緣，本來想告訴母親找不到，看她忙，避免惹煩招來一頓罵，仍舊低頭在成堆藥材中東挑西撥的。

「我站在樓板邊緣手足無措。不知何時二弟和小妹竟出現對面。小妹只有三歲，走路尚且歪傾，這小子卻帶她上來。樓板被藥包佔據，沒有欄杆連踏腳處都難找，稍不愼，小妹就要摔落樓下。

『站著別動，我去接你們！』

二弟笑嘻嘻地和小妹一同站在樓板的邊緣。

『拉住她，往後退！』

好像聽不懂我說的話，二弟正撥開小妹的肩膀，想跨身走來。小妹重心不穩，『哇，哇』二聲之後，嚇得連哭聲都接不上。『不要動，聽到沒有？』二弟痴痴呆笑，看小妹驚嚇的樣子，好像發現新奇的遊戲，伸手一推一推地讓小妹像牽吊半空，處境危險至極。父母在樓下，大概求醫的人太多罷，全然沒有察覺。

「屋頂只有二個天窗透進光線，四周黯淡。剛才的恐懼又自內心撩起，耳際嗡嗡響，他們兩人好像後退幾十步遠，一疊疊藥包堆架成陡峭的山勢，樑椽屋瓦互相壓擠，價價悶裂，樓下空蕩無人，有團火爐暗閃青光靜靜閃動……一陣天旋地轉，二弟已經站立我身旁，我蹲身環抱抿嘴欲哭的小妹。

「我非常生氣，抓起二弟的領襟，匹匹拍拍狠力摑掌他的臉頰。大概用力太猛，連我的手掌都有些燙痛。二弟沒有抵抗，顫動一身的肥肉，任由我在他的臉上肆虐。不久，二弟伸手搗起眼睛，輕輕搓揉『想哭？』我威嚇他：『我就下樓告訴阿爹。』他沒有出聲，低頭垂肩站在原地，圓滾滾的臉頰漲得又紅又高。

「二弟小時候很胖，一到夏天上身從不穿衣服，鴨板腳跑步一擺一擺的；我和大弟到外邊玩。他總喜歡跟，遇到和別人爭吵打架，爲了護他常使我們不能脫身。更甚的，我和大弟每回月考都可以上臺領獎，他卻升二年級時留了級，大家都知道他是我弟弟，使我喪盡顏面。

「他仍舊搗住眼睛在那裏揉。因爲他都沒哭出聲，怒氣漸漸化爲一股心慌。『讓我看看。』我拉下他的手，撥開他們的眼皮。『啊！』我心中暗叫，他的眼睛紅得幾乎滲出血來，左邊眸子像散開的蛋黃，灰濛濛的，失去張開正視的光采。『痛嗎？』他搖搖頭。『看見我手指的搖動嗎？』他再次搖頭，縮身到小妹後面，似乎還震懾於我剛才的威勢，以爲我又不懷好意。

「背他下樓，走進我們睡覺的房間，我簡直嚇呆了。『不要怕，一下子就會好。』我竭力安慰他討好他，我趴在牀下拿出自己心愛的木盒，裏面有各種顏色的玻璃珠，圓形紙牌，以及我每星期天下午辛辛苦苦去聽傳教士佈道，好不容易才收集的一疊彩色畫紙。『眼睛趕快不痛，這些全都是你的。』我說。他把圓形紙牌放進手中操弄幾下，和著淚水猛眨，又去搓揉他的眼睛。這時母親從房門外探出頭，『阿全！你這小孩不能交代事情，川芎呢？』沒等我回答，她就轉身上閣樓去啦。

「我已經絕望，知道自己闖了大禍。二弟的眼睛遲早會瞎，他又是全家最笨的一個，以後他靠什麼生活？父母發現的時候，我要怎麼去面對？

「待在房間不要出去，我去找藥醫你的眼睛。」二弟果然閉起眼睛，靜靜仰躺。

我跑到街上。日環蝕已經過去，黃昏餘暉斜照，初夏溫暖的空氣四處瀰漫，路上行人悠閒踱步，廟口臨食攤聚滿了人，街道兩旁的店家有些捻亮燈，一家人在餐桌吃飯。我憂心繁重地走著，我到那去求藥？面對這些和我漠不相關的人，我才了解自己困難重重。惟一能解決問題的是我父母，但我這個平素他們引以爲傲的優秀兒童，竟然犯下傷害兄弟的滔天罪行，他們會怎樣的傷心！

「我想，找到藥方之前，我是無家可歸啦！我又來到白天觀測日蝕的河邊，入夜後這裏是全街最安靜的地方，月亮昇起，那曾經讓我恐怖的冥屋，已被火化，廢擲在垃圾堆。我爬上水泥平地旁的大榕樹，這棵樹是我和鄰居同學阿明和阿定的地盤，我們模仿人猿泰山在榕樹隱密的高處釘木板架設小屋，沒經過我們准許，那些低年級生是不能爬上去的。我躱進榕樹叢裏，腹中空虛感覺很孤獨。憂煩擔慮取代午後突來的那陣恐懼。

「『阿全！阿全！』我聽到熟悉的輕聲呼喊。撥開榕樹的枝椏，我看見二弟在榕樹下擡頭往上瞧。我速急攀緣而下。他把手中的紅色麵龜遞給我，同時說：『阿全，這下你糟了，大家都在找你一個。』我『哇！』的一聲，嚎啕大哭。二弟只楞楞站著，這個人自小不知道世間有眼淚這個東西。」

高醫師說到最後的結果，逕自笑起來。

我問道：「他眼睛有沒有瞎？」

「瞎是沒有瞎。我父親親自開了方子消除他的紅腫，當時就是這樣，除非病倒，大家還不習慣去找西醫。回家以後，父親拿出藤條，狠狠鞭我，我沒哭，也沒閃躲，肌肉像觸到電，卻有重感冒悶出一身汗的輕鬆舒暢。晚上母親又過來哄我們睡，我把素常佔有的乳房讓給二弟，表示我對他的歉意。」

「它跟你成爲眼科醫生又有什麼關係？」

「當然有。我嘴巴雖然不說，心裏仍然擔憂二弟的眼睛是否會突然看不到。從初中到高中我的功課一向很好，那時我就立志當一名眼科醫師，爲他可能的失明作準備。現在我在這工作從事二十幾年，二弟的眼睛卻還好端端的，沒有給我報償宿願的機會。」

「你二弟現在從事什麼行業？」

高醫師聽我一問，聳肩裝出逗趣的表情，哈哈大笑。

「你說他啊！他本人也是一名眼科醫生！手巧比我高明，名氣沒我大而已。我們手中的雪茄，還是他出國開會，買來送我的禮物。」

我不禁爲他緩了一口氣。

「那次日蝕的恐懼，母親說我必然犯了喪家的沖煞，」高醫師說：「長大以後，知識漸豐，我知道天象變異和人事那有什麼關聯？深埋心底的恐懼才是應該審愼去究察的。我是相當敏感的人，體驗次數一多，我瞭解江湖術士所憑藉的只是聳人聽聞的利嘴口。人生的苦惱何其多，爲什麼要讓相士或風水師騷擾人心的安寧？」

我由於會心而爲之默然。這時高醫師娘捧著一盤煎熱的蘿蔔糕進來。

「家鄉的風味，趁熱吃。」她說。

大概聽到我們的笑聲，臨去前，她轉過頭，好像遺憾錯過這場參與：

「今天兩個人談得那麼高與啊！」

兩漁人

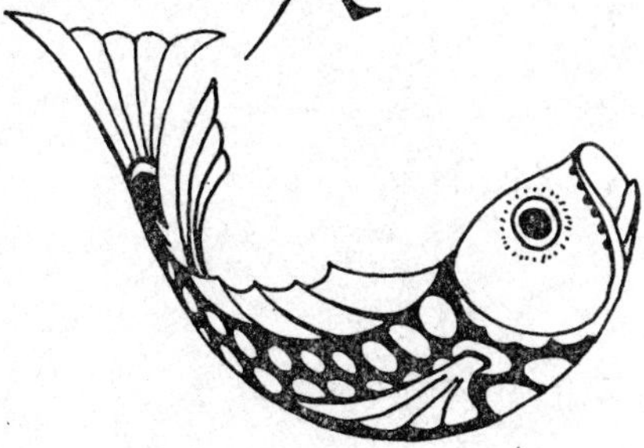

老鄔老陳兩個老人捻亮一盞蓄電池燈球，坐在榕樹下注視寬廣河面，水流將魚桿彎彎的絞線拉緊。

老鄔頭髮光禿，身裁短小臃腫，說話夾帶濃重四川口音。軍中退伍後，他在臨近河堤的街尾頂來一間矮小平房，獨居販售舊風扇。貨源來自老陳這位清癯高瘦的在地人，河堤附近舊街他擁有一幢三層樓房，不久前才將販售舊貨的經營讓給兒子。當夜空繁星閃爍，兩位從交易中建立十幾年友誼的老人，經常相約到河堤公園釣魚。

距離最近一次釣到魚已經是二年前的事。那時河水變質尚不嚴重，上游溪流微微泛黃的河水潺潺而下，映著黃昏餘光偶然還能看見魚躍水面。許久以來，他們再也看不到這種景象，岸邊油亮暗濁的河水浸泡各種人類廢棄物：塑膠袋、寶特瓶、保麗龍浮塊、破鞋碎瓦、毀擲的沙發……這些數不清的穢物，在兩個老人眼前編構成一幅殘酷的現實畫面。

「只要再釣上一次，無論落在誰的釣桿，我們從此封手。」老陳說。

二年過去，他們依然耐心等待這則諾言的實踐。

夜色籠罩，四周高低參差的建築物紛紛亮起各色燈光，緩緩水流映透粼粼的波動。跨臥兩岸的大橋，像生機蓬勃的發光體，持續往高空照射跳躍。堤岸傳來尖銳嘔啞的胡琴聲，凝聚在仲春清爽的空氣裡。

「溪流一直是我悶胸的夢魘——

老鄔沙啞塞擦聲呈現別具風味的鄉腔韻律。

「如果將眼前的河牀想像爲戰場，就能夠逐漸貼近我的感受，我們都曾經年輕過……我的新娘彎月形的眉毛至今仍常進入我的夢寐，拜堂不到半年，她的笑容漸漸展開柔媚，我彷彿被隻看不見的手掌攫置一條漫流長河，敵人在對岸擺架猛烈攻勢。」

相交十幾年，即使酒酣耳熱，放情縱肆，老陳從不曾聽到老鄔提及自身的家世，驚訝地說：

「原來你有新娘。」

「敵人入寇，我們有責任保衛自己的國家，那境際，你無法靜心考慮自家的問題。從此，我和她斷了音信。」

老鄔仰頭，張瞪炬火般的雙眼。

「就像眼前的河岸——轟炸斷斷續續接連好幾天，團部下達最嚴厲的堅守命令，我們二十四小時輪番替換陣守自己的炮位。河對岸蘆荻白茫茫順著岸邊延伸五、六里長，除了茂密草叢冒出幾厝紅磚瓦房向天的簷角，一個敵人也見不到。寂靜中我們嚴陣以待，只要對方開火，就瞄準突閃白光處集中火力。大家都在試探，擺陣勢，探索對方虛實。」

搓摩光潔頭顱，老鄔指著河對岸高聳樓房泛濫的點點燈光，向老陳作了逼似臨戰的模擬。

「敵人渡河必先摧毀我們陣地，他們想在漫長河道突出綻口，當炮火最繁密的時候，漫天罩下的巨響洪火般湮沒大家的耳目。有位平日喜歡向我們這些新兵自詡身經百戰的老兵，隱在壕溝傳遞炮彈，落地急響波震而來，竟然鬆軟軟頹倒，齒牙緊咬，像癲癇發作，手腳不停痙攣抽搐……誰也沒有辦法預料自己是否有機會安然脫離那場噩夢。」

「你說的是那次戰役？」老陳問。

老鄔沒有回答。經老陳打岔，彷彿乍然甦醒，起身拔出插入土中的釣桿，快速轉動紘梭，釣線愈拉愈近，鉛垂下面蚯蚓褐色的環節附著彎勾。他重新整理線餌，用力摔離穢物雜陳的近岸河道。

「那一次戰役？」

光頭老鄔翻眨發亮的眼睛。

「你問那次戰役？哈，凡是戰爭名稱都相同。」

橋頭，車輛機械聲和水銀燈淡紫光芒混成一片。橋墩附近伸出一道鐵架，攀緣而下可以通達河面。

微潮的風吹著，一對手臂緊勾的年輕男女站在鐵架旁，汽車由他們身邊快速駛過。橋面燈光燦爛，他們轉身面對空蕩的河牀，凝視遠遠暗冥處的一片寧靜。

「我攀下去探個究竟。」女人說。

男人拉回她已經伸跨出去的腳。

「我下去，妳站著聽報告。」

男人攀住脫漆生銹的鋼管，順下幾個階梯，快到河面，聽到微弱的水聲。

「下面是令人窒息的黑暗。」

女人探頭，聽到聲音卻不見人，呼聲喊叫：

「你在那裡？不要把我丟下！」

戰爭沒有名稱——

老鄔繪聲繪影的敍述，張幟一種嚴肅的氣氛。

「輪我擎槍站衞兵的晚上，夜空黑得可怕，濃霧彷彿從地心深處滲浮。壕溝離我大約百步遠，它隱藏在成列的炮臺後面，唯一可以警覺敵人摸哨的是河邊架設的鐵線掛著容易發響的障物。淙淙水聲及耳際的嗡嗡響交織纏雜，心中害怕，幻覺便產生啦：敵人是否破壞那層障礙，向我站駐的地方隱行潛進？我喉嚨苦澀，鼻子彷彿聞到一前一後交集的狐臭，那隨風飄揚的體味，有如魑魅，緊緊摺住我的魂魄……濃霧中，我蹲身往地下打滾，槍托緊靠，向前方發射爆裂的一擊。接下來是我意想不到的熱鬧，槍聲串串相連往河中射擊，陣地由冥暗中驚醒，幾粒瀉光彈射進半空，河面依稀看到幌動的影子，有些速急退卻，有些已經搶灘，來不及逃避，紛紛匍匐遁走，成爲大家射擊的活靶。對岸『洞！洞！』的幾聲呼應，等他們完全撤退，一切又同歸寂靜。

「敵人偸襲事件過後沒幾天，敵後探得消息，他們想從我們炮位陣地突破綻口。河道沈澱的淤泥，把我們所在的位置和對岸造成直線最短距離；久不下雨，水位降低，最深處僅能淹蓋小腿。增援的軍火陸續運載，忙碌中我們感受未曾有的緊張。我們無法知道他們究竟那個時刻進行攻擊，像蓄膿的腫瘡，不曉得何時迸裂。

「直到有一天，天將破曉，緊急示警聲響了。就炮位的就炮位，擎槍的擎槍，連長站在顯著的位置用望遠鏡瞭望。對岸蘆荻草叢，我們也都目測到不尋常的間歇搖動，飛機螺旋槳鼓風的哼嗡聲由遠漸近。

「我們終於瞭解時辰已到，生死存亡僅賴上天早就分配好的運數。將敵人狙擊河中，或是他們登陸進行一場肉搏，要看強勢的一邊如何壓倒對方啦。高射炮彈往天空飛竄，敵人飛機俯衝投擲炸彈。一顆一顆穿入地面而後炸開。對岸卯足勁道，毫不停歇與我們回擊的炮彈交織成密密火網。大家各就戰鬪位置，從沙壘的縫隙，映著漸亮天光，我看見裝甲車駛進淺淺的河牀，正向陣地擁簇，裝甲兵背後是無數彎腰涉水的敵兵……

「我的腦海突然閃進新娘的形貌。她有滿頭亮麗的黑髮，皮膚光滑微呈暗褐，晶潤的眼珠掛在臉上像精明的指揮官，透出生命的活力，一如家鄉世世代代的母親翻鬆撮撮泥土所洋溢的無可言喻的體色。我撫著她的肚子，俯耳傾聽由肚腹收縮鼓動發出的轆轆鳴聲笑著說：我聽到嬰兒在喊爹！她將我推開，望著一臉稚氣的我，又緊緊抱進懷裏……」

月光突破雲層，清晰照出河面的輪廓，細細的波紋，流露夜晚的平和安寧。橋上，車輛像一頭一頭奔突急竄的巨獸，由遠而近，散發令人爲之摒息的呵喘。

老鄔老陳所在的河岸公園，大榕樹下，一盞燈火靜靜閃動。

那邊橋端，一個婦人牽拉兩個小孩穿過岔入堤岸匝道的斑馬線，迎面疾駛的汽車加快速度，車燈一閃一閃打著信號。婦人被這猛然衝刺的汽車嚇呆，抱緊小孩站立路中央不敢動。

汽車緊急煞住，婦人高聲尖叫。

這刹那，「碰！」的一聲訇響，後面緊跟的小貨車沒有預期前方汽車突然減速，由後廂斜撞，直衝對方車道，後輪卡在分隔兩方車道矮矮的水泥墩上，隨後「吱！」「碰！」煞車追撞如擊拍節奏，響徹雲霄。橋頭像一塊偌大磁鐵，將大大小小的汽車吸聚束攏。

有人把嚇呆的母子拉上人行道。後廂被撞斜的汽車車門打開鑽出三個人，其中一個額頭滲血，跑過來兇狠指著婦人厲顏咆哮：

「妳是禍首！」

婦人腳跟沒站穩，幾乎仆倒在地。橋上是個混亂的場面，因爲這場連環車禍，兩方來車全都困住，連市區的紅綠燈都亂了秩序。肇事車輛與人行道間的空隙，摩托車冒著濁煙，擁擠穿滲。

幾個學生模樣的年青人挺身站在婦人前面。

「你才是禍首！」他們對額頭滲血的那人冷冷說道：「從頭到尾我們看得清楚，她們剛走到路中央無處可以閃避，你卻猛按喇叭，使壞心眼加足馬力往前衝。」

那人悻悻回到他的汽車後廂，檢查被撞擊的部位，車輛卡在路墩的小貨車司機也站出來，搓揉肘臂，似乎餘悸猶存。

聞聲圍攏的人愈來愈多，遠處警車嗚嗚響。人車塞滿這座三百公尺長的橋梁，摩托車擠上狹窄的人行道，放出濃濃的油煙。

水銀燈清晰照出充斥整個橋面的汽車，對岸橋頭一直到河堤公園上方的高架陸橋，以一百八十度的彎弧圍住河堤公園，只剩河道這面缺口，躺臥在四方非比尋常的絢爛裡。

「是時候啦！」

老鄔頓下他所進行的故事，由丹田費力發出粗暴的呼喊。

老陳吃驚擡頭，注視老鄔：他正努力伸直傴駝的背脊，像附魂的乩童，身體不停顫抖。

不遠橋面上，二個人站得高高的，競相從褲襠瀉下兩條水柱，彈射河中，嘩嘩聲不絕於耳。

「聽，敵人機槍已經向我們掃射！」

老鄔指著橋上瀉下尿水的人影，手臂從對岸草叢，循著阻塞的車羣幌了一圈，再次迸出淒厲的狂叫：

「我們被包圍啦！」

咻咻喘氣，他把兩只魚簍提到石凳旁，反面覆蓋，蹲身作出伺探的姿勢，拉拔釣桿在空中揮舞。

「敵人藏在黑闃闃的草叢就要露身，還有三面哼哼盈盈的坦克……兄弟們，聽我的指揮，各就各位——」

叫著，連同釣桿仆倒在地。

老陳將老鄔撐到石凳，老鄔奮力掙扎想起來，被老陳用力按下。

「叫你不要喝乾那瓶高粱，偏是不聽。」

老陳從身旁的熱水瓶倒出一杯熱茶，送到老鄔嘴邊，卻被他一手撥落。他再次按下他冷冷說道：

「你陣亡啦。」

老鄔這才會神張開眼睛：

「衝著我們的交情，務必替我捎個信。」

說完，吐出長長的歎息，仰躺昏睡，嘴口沾滿涎沫。

陣陣疾風吹來，榕葉紛紛飄落。老陳點燃一根香煙，擡頭望向沒有星星的夜空，月亮被遮避了無踪影。心想：「該是我們封桿的時候，何必那麼倔強，非要魚兒游向這灘渾水不可。」

老陳收拾釣桿魚簍，一顛一仆支撐失神的老鄔，漸走漸遠，終於消失堤岸外，留下這片四周仍舊爲燈火所包圍的寧靜。

四色旗

老靳鬆弛皮帶，逐件卸脫，及至露出藍斑花底褲，臉皮因緊張懊惱而一陣抽搐，帶著平日少有的激動，向醫生說：

「繼續往下脫，我也不以爲恥。」

進入診所，和醫生交換簡略的對話，他霍然從座位立起，便放情將自己處於這種尷尬的局面。他身體稍往前傾，紅色領帶由漿挺的襯衫滑溜出來，在沉悶的空氣裏輕輕擺盪。

「一切症狀我都有自覺，」老靳罩著滿臉的陰影：「如果你逼迫我穿回褲子，我反而不自然。」

醫生在聽診旋椅兩手交握，隔著偌大診桌，默默傾聽這些不著邊際的話。大概看他要盡了把戲，揣度老靳沒有進一步排除下體僅餘底褲的意思，頭側向牆壁，以專業醫師冷靜的語調說：

「覺得舒服，你愛怎麼做就怎麼做。」

老靳坐回椅子，從天靈蓋挪移到太陽穴，不停用力捏壓搓揉。

「人前當衆脫褲子，算不算病態？」

醫生點頭微笑。

「當我伸手拉扯自己的腰帶，心裏是頗有警覺的，可是常常來不及控制，褲子便倏然一褪而下。」

「事出皆有因，想想，是什麼觸動你這麼做。」

醫生一邊說話，一邊運筆在病例表作紀錄。

「要能眞確知道就好！」老靳深吐一口氣：「從小我就有不自覺抓提褲子的習慣，可是有關聯嗎？那時代的學生，衣服穿得很寬鬆，感覺垮散，便去拉扯。」

「任何存留你腦海的事情，對我的診斷都有意義。不必急，我們一件一件來——」

醫生很注意他的表情，似乎想從眼睛的溜轉裏觀察到他深以爲苦的病源。老靳雖然萬分沮喪，卻不混淆日常生活所能應用的理性。聽醫生體貼的話語，心中無限慰藉，起身跨步向前，從舖滿整個應診室橘黃色地毯撿拾自己的褲子緩緩穿上。

「很好。」醫生說。

老靳年近四十，嘴邊光潔無髭，是城區一家頗具聲譽的百貨公司高級品部門的經理。灰褐色舶來品獵裝外套裹住一具相當勻稱的男性體架，臉龐白皙，牙齒飽滿如玉蜀黍；微微彎弧的羅馬鼻上方，撐住一雙深邃的眼眸。他的長相雖沒俊美到值得顧影自憐的地步，倒也適合他所從事的職業應有的形象。設非親眼目睹他的放任自訴，實在無法想像他有在人前施使極盡暴露的強烈欲望。

「好，你究竟有什麼煩惱?」醫生問。

「一定是心理出了毛病——」

老靳眉額撮皺，拳掌緊握：

「每當聽到敏感的話，所有症狀就浮現啦：別人或許只在皮層起了疙瘩，在我卻如萬針穿刺，由腰部往下氾濫，連腳板都彷彿腫脹，全身散發窒人的熱氣。起初我暗自將手伸進褲袋捏刺大腿以減輕肉體痛苦的蔓延，後來漸漸失去自制的能力，雙手不聽指揮，扯鬆皮帶，想進一步敞開褲襠，卸脫這層罩身的樊籠……我感覺有一股抵拒不住的力量，逼使我走上醜態百出的懸崖。」

老靳是如何發現自己有病的?這要從五天前說起，因爲在此之前，早上九點上班，晚上九點下班的規律生活，他並不曾察覺自己有任何異樣。

那天星期五輪他早休，下午五點驅車回到市郊的寬敞底層公寓。檢驗大批義大利進口皮貨忙碌一整天耗盡精神，進門便頹然倒進沙發，閉目養神。

兩個讀幼稚園的小孩，背擎長把玩具手槍環繞沙發追逐奔跑，一會兒踏起整齊的步伐一前一後，以咬字不正的稚音：「哥哥爸爸眞偉大，哥哥爸爸眞偉大，」地唱著。

或許太疲憊耐不住吵嘈，他拉住小孩：

「乖，不要吵，讓爸爸好好休息打盹。」

兩個小孩嗯嗯點頭，只安靜幾秒鐘，鬆開他的手臂，又環繞沙發，唱那尖刺的「哥哥爸爸，眞偉大」的嘹亮歌聲。

「你們不乖爸爸會生氣。」

小孩看他說得漫不經心，沒有注意父親已經張開不懷善意的眼睛，繼續嘻笑追逐，經過他的面前，又碰碰有聲地踏著閱兵的隊式。

老靳猛然由沙發立起，怒氣賁張，抓起東東的長槍摔向地板。

「再吵！把你們丟到外面！」

聽出聲音不對勁，老大一溜煙衝進廚房，東東嚇得呆愣在原地，「哇！」的一聲哭將出來。

他老婆聞聲跑出廚房，速急安撫小孩，走向前，柔聲說：

「回來多久了？也不來廚房看看我。」

她擺動曲線玲瓏的腰枝，似乎期待貼心的回應。可是老靳極其冷漠地揚手揮驅：

「去，去，不要煩我。」

女人淡然一笑。

「尚林，跟自己的孩子有什麼氣好生嘛！我到廚房把晚餐的菜整理好，立刻來陪你。」

他從來沒有在老婆或小孩面前說過這樣粗暴的話。自從升任經理的二年來，連同年終獎金，年收入增加爲原來的四倍，生活自然有顯著的改善。老靳覺得自己並不因之而有驕態，溫文如昔；倒是女人收斂了婚後不久又急躁又喜歡抱怨的性子。今天他無端動怒，女人卻視若無睹，一切好像都幡然轉變。

晚餐的時候，小孩扭嘴挑剔菜不好吃，女人細聲哄乖；老靳默聲不響，看老婆連委屈都不敢表示的樣子，心裏早已沒氣。但又覺得總不能一下子生氣，一下子嘻皮笑臉的，飯吃不到半碗，獨自回到沙發悶悶呆坐。

丈夫情緒受挫折，女人也沒什麼食慾，將小孩叫進浴室之後，小心翼翼捧著老靳飯後最喜歡喝的花茶，擺到茶几上。

老靳一邊撮口喝茶，一邊想：回家進門到現在，自己到底在生什麼氣？

眼前晃起一團模糊的景象，而後漸漸清晰。他想起小學時代的一個同學，鼻溝經常垂掛兩行青色的濃液，每次經過搭建廟口榕樹下那間簡陋木板屋，總聽到他被責打的哀聲啜泣，他的父親在他出生那年渡洋到呂宋便杳無音信。幾年後自己上了初中，鎮公所整頓廟口，拆掉木屋，他們搬到過港。好幾次在街上看見他結實的背膀穿著乾淨的汗衫，腳底蹬起高高的棕櫚木屐，昂頭神氣活現地啃咬甘蔗，後面跟著他低頭尾隨，謙卑抑斂的母親。他沒有升學，成爲負責一家生計的生產者，於是就擁有了嶄新的地位。

深埋記憶的這件舊事再次浮現，像火上澆油，原本幾乎熄滅的不快，即刻燦爛爲沉壓胸臆的抑鬱。老靳進入這家百貨公司已有六年，最初幾年薪水僅夠開銷而無餘裕，老婆常對他發脾氣。一發脾氣，他的一個動作或是一句她聽來不順耳的話，隨時都會引申爲他卑劣的本性製造了她悲慘的命運。但在老靳眼中她實在太美了，即使每每撫觸她時，她的肌肉像沾到不潔的東西而僵硬抗拒，他仍舊滿意自己所能擁有的些許感受。現在發達了，甫進門便對小孩怒吼，像那同學謙卑的母親，她不僅百般容忍，而且處處逢迎，連丈夫爲什麼生氣都不敢問。

「家，竟然是這樣的一種構造！」

他的心沉入淵深的晦暗。

「自己在公司奉上承下，回到家，女人又百般逢迎我，到處以利轉利，世間何其冷酷！」

至此他才醒悟：連「哥哥爸爸眞偉大」的稚音都聽來叨嚷，全然是隱潛的意識作祟——有什麼偉大不偉大？自己只是藏身陰處屈曲蠕動的可憐蟲而已。

整個晚上家居的氣氛被老靳的陰陽怪氣所破壞，小孩看父親霸占客廳，躡手躡腳摸弄電視旋鈕卻不敢打開。老靳委蹶長條沙發椅似寐非寐，及至牆上掛鐘叮噹響打破四周的寧靜，才發現時針已經往十一的地方靠近。進入臥室想拿換洗的衣服，黯然燈光下，他的老婆趴身俯壓棉被，挺出高俏的圓臂。

「作爲可憐蟲的妻子，她豈不比我更可憐？」

想著，想著，憂傷中萌生新的歉意，他靠身牀沿輕摩她的額和垂肩的髮絲……女人突然睜開眼睛，流露脈脈的神情，伸展手臂將他摟進懷裏。

婚後，他們的關係常常由於女人執拗的個性，阻擾了兩性的盡情歡暢，當她偶然動情，老靳心中總懷著無比的感謝。現在他埋入她柔軟的胸部，圍抱細腰，輕輕撫觸她溜滑的背脊；女人漸漸吐氣急促，張嘴舔咬老靳的耳朵，欲要脫釋她所承受的一切刺激……抱著這樣柔滑，向來愛慕有加的女體，老靳百感交集，湧起一股近似哭泣的惆悵，想即刻向她傾訴心中感懷的鬱結。可是女人臉腮隱進他的頸項，急切傳達她的慾求，使他隨之又想：「我們翻來覆去只爲滿足短暫的熾熱慾望，若是當眞憐愛她，就不應該架起家庭養食者的威勢，使她自甘婢妾般奉承自己的官能……她的曲意承歡正顯示自己是何等粗鄙！」一陣涼意從頭頂沁到腳趾，老靳推開她，留下仰躺呀呀吟哦的女體，逃回客廳。

客廳圓形檯燈將光線聚在一處，掛鐘又敲了幾響，牆上刺繡壁飾映出凹凹凸凸的模糊畫面。不曉得是自我折騰的慾念沒有渲洩的緣故，或是乍然間身體起了沒來由的特殊變化——起先下體兩片肌肉痠癢燥熱，隨後如急針穿刺，由痲轉痛，疼痛中又有虛脫似的鬆垮，接著大腿、小腿，以至腳踝都蔓延啦……他卸脫衣褲，俯臥沙發，像游泳潛水，兩手後伸，劇烈搓揉抓捏。

老靳一夜斷斷續續作惡夢沒睡好，第二天早晨老婆看他還滾裹毯子在沙發打鼾，沒敢驚動，逕自到市場買菜，醒來到達公司門口已快十一點。每當遲到，怕惹閒話，他總是一樓一樓找些熟人閒聊，等遇到同部門的人，才跟她們踏進三樓自己的領域，理直氣壯找來一些項目指揮自己的手下。

他在一樓徘徊，化粧品部的阿莉過來和他打招呼。

阿莉四下顧盼，細聲對老靳說：

「到底行不行嘛？」

「我行有什麼用，」老靳悠閒地插腰舒胸：「我和妳一樣都是人家的伙計。」

「可是你是超級伙計，人家正等你點頭。」

老靳煞有其事對阿莉鞠躬點頭。

「不要玩笑，我說眞的。」

阿莉知道老靳的部門正有一個組長的空缺，屢次央求老靳幫她塡補這個職位。他對年輕活潑的阿莉素有好感，的確有心幫忙，但礙於部門的阻隔，不知如何進行。阿莉卻因平日老靳常不顧身分和她說笑，於是嗔氣十足，愈逼愈緊。

「妳看，」老靳說：「我已依妳的意思點頭啦。」

阿莉扭頭拗嘴。

談說間，櫥窗外路口，一部嶄新的紅色英國來禮跑車緩緩停下。「總經理駕到！」老靳心裏叫著，很快撇下阿莉，走出公司大門，趨身前迎。

冷風迎面吹襲，總經理掉落的絨帽往地上打了幾個滾，老靳跑去撿拾，彎弓手指輕彈帽上的灰垢。

「跟我來。」她對老靳說。

老靳提著絨帽跟在後面，陪她一樓一樓走，及至五樓總經理辦公室，老靳放好絨帽，旁站等候指示。

總經理說：「有件事想和你商量，日本百貨同業組團參觀本公司的事，你認爲怎樣接待才好？」

老靳沒有立刻回答。面對這位年過三十尚未出嫁，圓滾臉孔帶著男性英氣的老闆么女，他一直很拘謹，他知道從她的話意去摸索答案才是最安全的。

「遠來的朋友我們不能失禮，」總經理又說：「你懂得日語，我想請你負責招待。」

老靳心中甚是歡喜，連忙說：

「自當盡力。」

「我們先來個初步計畫，」總經理說：「我想在公司大門口豎滿幡旗，寫上歡迎詞，你想底色用什麼才好？」

老靳眼瞄這個女人，沒有急遽提出意見。

「白色，你認爲行嗎？」

「當然行，」老靳以高聲而堅定的語調回答：「當然行，白色何等醒目，大門口蔚成一片幡海，不就像直透的光明嗎？」

「好是好，會不會太單調？」

老靳又去瞄猶豫不決的總經理，心想，女人善變，不稍爲鼓勵是不行的。

「哦，我想……」

本來他要爲白色辯護，總經理打斷他的話。

「如果用紅色呢？」

「太好啦，」像小學生解題苦思，剛獲得正確的答案，老靳握掌顫頓：「紅色代表熱情，如此一來，飛揚空中的不再是幡旗，而是我們迎客的一顆赤誠的心！」

總經理的嘴角不覺得泛生滿意的微笑：「就因爲你能和我的感受起共鳴，我才找你談。好，顏色已經決定，那麼旗幅多長才合適？」

「我想讓它從三樓窗口垂吊下來，每面少說也要六公尺。」

「六公尺長？」

總經理這下子又露出躊躇的神情。

「六公尺長？來個大太陽會不會太刺眼？」

老靳機伶警覺，這時接嘴是不智的。

「我覺得還是黃色恰當，」總經理說。

「哈！」老靳哼哼晃頭之際，停頓不了幾秒，注腳便如泉水由口中汩汩而出。

「高明！高明！」

這二聲發自肺腑的讚美，總經理聽得毛孔服貼，臉上現出女性的紅暈。

「黃是中國皇家的正色，代表高貴。曾受大唐文明薰陶的日本人，在黃旗浸漬下進入我們的公司……總經理是怎麼想出來的？實在高明！」

老靳眉飛色舞，總經理低頭打開抽屜，暗自收斂泛自心中的未嫁女羞態。

「六公尺長的黃色幡旗優游飄揚，清淡的空氣中充盈柔美的韻味……」總經理尚自喃喃自語。

「至於歡迎詞，總經理有什麼意見？」

「你一併去擬，再念給我聽好啦。這事倒簡單，可是，你眞覺得黃色恰當？」

「當然——」老靳話剛出口，很快又收回，心想，莫非她又要改變？

「黃色？會不會不好聽？」

「旗子是用看的，沒什麼好聽不好聽吧？」

老靳第一次提出辯解。

「黃色的東西用看的，那還得了！」她沉定而威嚴地說：「我決定用藍色！」

幾次改變，老靳的枯腸快要山窮水盡。他靜心觀察她的心意，但她的心罩起濃重的雲霧，令人無法穿透。

「這個女人還眞藍！」他乏勁地歎氣。

思索間，乍然靈光一閃，老靳雙掌重重交擊，如解破密碼那般放聲直呼：

「哇！太神妙啦！」

雙掌使力太重，他幾乎重心不穩：「我們公司的旗幟不就是藍色的嗎？爲什麼我偏偏沒有腦筋去想：藍，正是我們公司的顏色。歡迎朋友，顯現自己，藍，才眞正有意義！」

老靳已經沒有閒暇去看總經理的反應，他陶醉在如浪潮交疊的亢奮之中，手掌的拍擊使他痲痺，以至漸漸像有細針刺進十個手指。接著掌肉乃至手臂生出無數的細疹，這些細疹倏然一個個孵化，異生茸茸的蛾蠋，由頸脖往下爬行，到胸膛，到肚腹，最後聚集臀部。他感受到一陣無以名狀的瘙癢燥熱，想用力擺脫，可是神智昏沉迷眩，雙手不聽使喚；僅餘的模糊意識，他發現自己腰帶鬆落，正伸手拉扯褲襠的拉鍊。

「你只有一個星期的時間去準備。」

總經理的話使他恢復大半的神智。

「啊！求求妳，千萬不要把頭轉過來！」

驚怖和警覺終於產生一股力量暫時壓抑突冒的痛苦，他睜睜注視總經理兩手交叉背後，望向窗外。

「她沒注意到我的失態罷？」

這是老靳保住職業的最後一線希望。

「你回三樓去工作罷！」

她頭也不回地說。老靳悚豎一身的汗孔，捉提腰帶狼狽離去。

醫生按壓一杯熱開水遞給老靳，坐回搖椅側向他，聳動肩膀舒緩久坐的疲乏。窗外花架蔓藤糾葛，山茶綻放斑斑血點，圍牆外高桉競相挺向蔚藍的天際。

「所以，我想我是有病的。」

醫生放下手中的紀錄筆。

「我並不認爲你有病。有人對某些事物特別敏感，想像力便爲他布置一個居室，讓他禁閉在裏面，從心理到生理，鏈鎖般地在自設的境際裏低迴呻吟。你的情形屬於潛層道德意識作祟的苦惱，重新拾回人際的信心，刺痛就會自動消失。以幡旗挑色的事爲例，如果你對那種從你嘴裏說出的一點誠意也沒有的言語，絲毫不起反應，才眞是病態。在我們心理醫師眼中，滿街充斥深淺程度不同的病人，你有自覺，有反應，便是個正常人。只是你被自己意想不到的反應嚇了一跳。」

「可是還有更嚴重的。」

老靳剛穩定的情緒，又顯現不安，放鬆領帶，脖子左右扭轉。

「我都說啦，你不會譏笑我罷？」

「你不攤開，殘缺的資料會使我們兩人走上歧途。」

老靳喝下幾口熱水，暢通啞塞的喉嚨，醫生投以如年老神甫令罪人放心告解的注視。

「離開總經理室，我跑進廁所脫下自己的褲子。」老靳說：「那情形就像我以前吃消炎片過敏，全身紅腫，肌肉浮現一片凸塊。禁不住瘙癢，我用力硬搓，直到它彷彿脫去皮層，轉成刺痛，才稍稍解決我的鬱悶。那種感覺眞好，要不是怕人聽到，我早已放聲呻吟。」

他的唇間滲出一些微汗，繼續說：

「我暗自忖度，和昨天晚上的事有關聯嗎？兩個女人之間是否存在相似引發我敏感的特徵？我的妻子在我面前是卑微的，但總經理何等霸氣！爲何舉揭我相同的反應？腦筋旋來轉去總在這個想不通的問題上，於是我無奈地將之歸爲『女人』的這點相似上。下午，對周圍來來往往的女性，我就很謹愼啦，不管店員或顧客，盡量和她們維持距離……可是倒楣的事，無論怎麼費心，終究不能避免。晚上下班前，阿莉笑盈盈來找我，說要請我吃消夜，要讓我吃人的嘴軟。她身上散發淡淡的幽香，頻頻顫動的小嘴說得天花亂墜。」

醫生問：「你當眞毫無警惕？」

「有誰會對自己淘氣的小妹起戒心？何況我是愛護她的，即使什麼也沒吃到，在她面前我的嘴巴從來都是軟的。她請我到臺北火車站附近一家七八層樓高飯店的地下室餐廳，我們選擇角落的位置，光線聚在餐廳中央駐唱女歌手不停擺動的肢體上，身處幽暗，鄰桌客人距離我們有四五公尺遠，我感覺很舒坦。

「阿莉這個女人其實蠻漂亮，我很早就注意到她出衆的均勻小腿，只是年紀相差十幾歲，偶然暗地裏欣賞，從沒由小腿再往上想。現在我們獨處，中年人的歷練尚能盤桓我的臉上，阿莉不知不覺多加幾分矜持。她捧著菜單，說這，說那，說了老半天，還沒說個好題目。

『我請妳算啦，』我說。

她放下菜單急忙說：『不，不，說好的，我請。』

『那我隨意點囉，』

她拍拍自己的皮包：『今晚的一切我都付得起價碼。』

「醫生，說實在的，一生當中我從沒遇見這麼慷慨大方的女人，雖說她可能於我有所求，但那豪情是裝作不出來的。我的老婆像白開水，女總經理像劣質高粱，阿莉卻像橡木桶封裝的琥珀色上等白蘭地。可是我不想爲難她，我只點了瓶裝的臺灣啤酒。」

「阿莉叫了一分沙拉，陪我乾杯暢飲，轉眼間我們喝到第三瓶。我們談話不多，阿莉偶然看看我，很快又低下頭。女歌手停止演唱，她後面那檯赭紅色的鋼琴隨之彈奏輕柔的爵士樂，跳動的音符，彷彿北國峰巔溶化的積雪，緩緩滙入溪澗的清流，透進我的心田。」

『喝酒，簡單，我可是千杯不醉的。』阿莉放懷笑著。

我沒喝過這麼暢快的酒，她的膽識一如我所遇到長年牽繫的老友。打開第五瓶的時候，我站起身走到她的身邊，伸手搭在她的肩頭。我應該聲明，我是無意識的動作，只感覺想去親近一個老朋友，而沒想到她是個生機蓬勃的年輕女人。阿莉順勢將頭傾向我的肚腹，一隻手緊握搭在她肩頭的那隻手。她以全然誤解的動作靠身陶醉片刻的溫存，我的手心下，感覺橫過她肩頭的胸罩肩帶有了動人的生命，向我燃燒一團兇猛的火燄……

酒精讓我暈暈眩眩脫力倒回自己的座位。她的眼眸好像經過一段激情充滿潤光。我拿起酒杯想平息翻騰的心情，卻是不停抖戰，以致由手裏滑落。我完全無法控制自己啦，白天的刺痛佈滿全身，我受到人間最苦的煎熬，雙手不聽指揮剝落我的外褲，而後我僅餘的遮褸，如果有人往桌下探視，我想我的下體寸褸不存啦。」

「阿莉察覺我的異樣，從她的座位跨身過來，瞥視我的一覽無遺，『啊！』的一聲，退回自己的座位。

『求妳快走罷！』我低聲哀求：『只要妳再逗留一分鐘，我連上衣都要鬆落！』

阿莉準是喝醉酒，抓住我的手吃吃地笑：

『想脫褲子也不應該在這！』

我幾乎崩潰。摔開她的手，叫道：

『我絕對幫妳調組長，如果妳不走，大家一齊出醜，到時連我都沒有工作！』

她會神走開以後，我才鬆了一口大氣。「醫生，聽完我這千鈞一髮的遭遇，你還會說我正常嗎？」

醫生顯然沒有被他驚世駭俗的行徑嚇倒。執筆在白紙上面隨意畫線條，用筆尖輕觸，審視一番，捲揉丟進字紙簍裏。

「完全正常！」他說：「你有更深的企圖，當然有更劇烈的反應。」

「就算我是正常罷！」老靳不因醫生的說解而釋懷：「一旦面臨身體的刺痛我要如何抵禦？幾天後，我必須和一堆日本人周旋，再出醜一次，後果不堪設想。你知道嗎？我是多麼焦慮，沒有一個人能分擔我的隱私，電話簿翻了老半天才找到這裏來。就算我正常罷！我們來個未雨綢繆，能否開個藥方，在我疲癢徵狀出現之際，吞進幾粒藥丸，解決我的危厄。」

「我已經爲你準備好藥方，」醫生成竹在胸地說：「但不如你所想像的。很簡單，首先，你自己當然不說任何奉承的話，這樣就引不起疲刺；其次，你要避開對你諂媚的動作或言語，如果閃躲不及，你就多穿幾條褲子，脫去其一，身上還有好幾道防線呢。」

髒話

1

林林總總罵人的髒話，其中「他媽的」三個字我最受用。

當然，罵髒話不一定要說出口，心中默念，念到渾身發熱，同樣能達到沉醉的境界。

我說這話是有根據的。

有一個吹雙簧管的朋友，借一間小會堂開獨奏會，走進辦公室找我，硬塞來兩張票，而且是最貴的前段。

我所接受的教育，沒有附屬這類風雅的條件，票握在手中，又不想去掃他的興致。

「我只一個人，用不著兩張票罷？」我說。

「帶女孩子去嘛。」

看我眉頭褶皺的不自然模樣，他呵呵低吟，把應該找回的錢送到我手裏。

「這樣好啦，我介紹一個女伴給你。」

他絕然不像玩笑的口氣，我只得將幾天的伙食費挪去湊熱鬧。

演奏會場地雖然不大，但架勢十足。他燙挺的白襯衫配上黑絲絨蝴蝶結，那股瀟灑簡直讓人嫉妒。女人坐我身旁，瞇起彎眉下的眼睛和著節拍不停抖顫，我甚覺無聊，心想：「我出錢，你陶醉，可知這個吝嗇鬼連妳也不肯送張票。」

臺上他鼓著腮幫，旋律一會高揚，一會抑挫，我前看後看左右看，想不通他那弄來這麼些密密麻麻的人頭。

「眞是媽的，有辦法！」

女人以爲我和她說話，轉過臉，打斷我的喃喃自語，輕聲說：

「你說他 Smart? Yah. It's his day, do you know?」

我急忙掩嘴以免高聲喧笑。突然湧冒的漲氣，撐得我很難受。

這個聽洋樂講洋文的女人很快又撇過頭去啦。

我的朋友像有好幾隻手忙碌地在銀鍵閃閃發亮的雙簧管按壓，鋼琴伴奏忽高忽低的手勢弄得我眼花撩亂。

「他媽——的……他——媽的……」

我隨著雙簧管吹奏的小步舞曲旋律，爲它配加歌詞，暗暗哼吟。我一再翻覆，久而久之像被催眠，不知不覺進入雙簧管美妙音色的境域裏……

「他媽的」這三個字像從天而降閃動火花的觸媒，把我惡意的戲謔，引入淨化心靈的音律殿堂。

2

我絕非危言聳聽，它並且可以治病。

剛搬進阿萬租賃的公寓不久，我精神沮喪，諸事不順遂，內心極其寂寥孤獨。

這時柏拉圖闖進我的心坎。

好像突然湧上一股超越俗世的戀情，下班回來我便拿起他的《對話錄》細讀，做了幾十頁的心得筆記。當我讀到集子中：「Timaeus」這篇對話，敍述不參與創造的動力神「Demiurge」如何將宇宙物質由雜亂歸爲整序，竟然感動不能自已。諸多生硬冷澀的理論體系，首次領略一種理性的抒情，我把全副精神沉浸在比肉體更高級存在的體認上，彷彿聞到與柏拉圖相同的呼吸。從嘴口滲出來的氣味，似乎咀嚼著二千多年前，由愛琴海域吹來，摻和橄欖油清香的潮濕味。

浸溺日久，正當感覺心靈有了穩固的著處，我早晚劇烈咳嗽，容易疲倦，右胸經常抽痛，像有東西在腦際爆塞。放下厚厚《對話錄》，柏拉圖變成搖幌的一圈圈影子，而我俯身喘嗚。

於是我就愼重估量，要認識靈魂，必先從運作肉體開始的這層道理。

對於喘咳，我有一帖家傳秘方。

依照秘方，我到市場買到蘿蔔，切片放進碗裏，澆上透明麥芽糖，等蘿蔔滲出汁來，和著麥芽糖往嘴裏倒。那黏黏夾雜青澀味道，甫進口中，喉道起抗拒，便從胃裏把進駐的食物翻絞出來，令我對濺滿一地的穢物直發呆。

夜晚我做了一場夢。

我夢見自己從嗡嗡響的救護車被推下來，護士雪白的衣服還印染幾點我所嘔吐的梅花般血漬……阿萬和救護人員推著急救架床，他豐沃的嘴唇顯出爲道義所激發的大無畏精神。

「阿萬，」我發出虛弱的聲音：「郵局存摺放在書桌抽屜，幫我領錢繳醫藥費，密碼○○四五。」

我湊近他的耳朵，他笑了笑，不屑地將我按下去。

他們讓我留在燈光燦爛的急救室，醫生還沒來，恍忽間，我更加深刻鑽入柏拉圖的義理精髓——「Demiurge」是無所不在的，剛才推動急救架的那些人，正像它，雖不是我的創造者，不就這樣將我推動，準備讓更高權威整理我身體的秩序……

清早，阿萬打開我的房門，看我撐臉賴床，過來拉我上班。

「太陽都曬到屁股，還在床上挺屍！」

「輕一點，」我哀聲呼痛，同時推開他：「我肋骨只剩一層薄膜。」

「少娘娘腔啦！」阿萬說：「你整夜咳個不停，再繼續喝蘿蔔汁，我會陪你一齊生病。」

阿萬發現我印堂鬱黑，額頭發燙，替我打電話回公司請假，帶我到附近一家診所，幾次感冒扁桃腺發炎都是這家老醫師治好的。

護士塡好病歷表，我們坐在琢磨烏亮的黑色長椅等候，消毒酒精揮發的氣味有些嗆鼻，醫生由二樓步下應診室，圓形老花眼鏡鬆落鼻樑，低頭凝視。

「那一位？」老醫師問。我走去坐他指定的診椅，在他尚未開口，便將自覺的病情告訴他。他仔細量脈搏，用聽診器壓胸口，再用手電筒照射喉嚨。

老醫師扳起權威的臉孔：「支氣管已發炎到喘鳴的地步才來醫院，你就認定自己那樣耐命？」

阿萬因我默不作聲，想爲我向醫生解釋，老醫師沒理他。

「慢性病可沒那麼快好！還有，你下唇中央泛白，煙抽多了罷？一天一包？兩包？如果想抑止你的病情，連煙味都要躲避。」

他翻眼望向阿萬。

「進來幹什麼？難道你也發喘？伸手給我看看！」

老醫師撥開阿萬燻黃的手指。

「亂來！做粗工的手都比你漂亮。」

阿萬笑嘻嘻任由他去說，我暈暈眩眩的，直覺得老醫師白鋼絲般的鬍鬚衝我刺過來。

經過針劑藥粉交加灌注，我享受到喘咳以來難得的寧靜。可是我並不認爲老醫師眞懂什麼道理，柏拉圖不是說過嗎？肉體是靈魂的摹本，只知在摹本下工夫的人，眼界短淺，往往喜歡小事拘泥。

幾天後，我又攤開《對話錄》和筆記。

當青色厚書皮上面「Plato」這個字映入眼底，喉嚨立刻一陣騷癢，隨即輕咳幾聲。起初沒注意，後來書皮翻翻闔闔，重複試驗，我才發現喘咳並沒痊癒。

「你這個裝腔作勢的老郎中！」我禁不住狠狠咒罵：「操！明知壓不住柏拉圖，卻煞有其事擺樣子。」

阿萬在餐桌另一邊映著燈光專心作帳，寫報表，聽到微咳，擡頭問我：

「嘿！老羅，你說柏魯圖是宙士的哥哥還是弟弟？」

「柏魯圖？」我隨口唸了一遍，「柏」字剛成音韻，喉嚨緊縮，接著一陣癢。

「柏魯圖——P-l-u-t-o-」

我由癢而輕聲應咳。

「到底知不知道？Pluto-platon-plato-」

他唸得我眼冒金星，血氣洶洶如潮水。

「他媽的！少煩我行不行！」我上氣不接下氣。

「pluto-platon-plato——嗯，蠻順嘛！」

「他媽的！他媽的！他媽的！」

我漲紅臉奮力抵禦。

阿萬察覺我眞的生氣，閉口傻怔。說也奇怪，當我喊到第三個「他媽的」的，像滾下一大口白飯，連同鯁喉的魚刺也咽進肚子那般舒暢，一吸氣，從鼻孔順到丹田，胸無雜礙。

從此，像躲避可怕的瘟疫，我把柏拉圖《對話錄》移到闃無天日的衣櫃底層，任其腐朽。

除了不再喘咳，我又多明白一個道理：嚴謹如柏拉圖都可以他媽的。

萬萬想不到它妙用到這等程度。

3

我很得意自己的這層發現。一個人總應該有一些脾氣，脾氣代表個性格調，沒有格調，面對這錯綜複雜的世間，如何和其他人建立適當的關係？

我隨之又想，如果我不僅說「他媽的」，甚至吹鬍瞪眼，抓住別人的領帶直指他的鼻子罵：「操你先人板板！」是否能夠一腳將他踹到茅屎坑去。

那天我在公司推銷資料册看到一個熟悉的名字，由公司收集的經歷背景，我肯定他是我高中時代的導師，現在是一所私立中學的校長，衝著這樣的關係，由我出面推銷實驗器材，成功機會必然很大。自從同窗好友阿萬介紹我進入這家儀器行以來，我的推銷拜訪很少有成功的，我想這次是我獲得額外推銷獎金的大好機會。

我向經理表達這樣的意思。

「怎不早講？」經理說：「我正要欽賢和阿萬帶新型影印機去示範操作。」

「讓我也去。」我心中勾劃了一張美麗的憧憬圖。

經理稍猶豫，但又語氣堅定地說：

「講好了再換人不太好，你跟我到海關提貨。」

「提貨誰都可以去，張校長可是很念舊的人。」

他和顏悅色靠近拍拍我的肩膀。

「老弟，你的想法太單純，學校生意我幹了二十幾年，什麼樣的人沒見過？你出面，生意就砸了，聽我的話，讓別人去好啦。」

不再聽我解釋，他把自己的小舅子欽賢叫來，交給他一堆資料。

「見到校長不必多說話，只管把那部影印機操作給他們看。」

說完，丟下我，帶他們去搬機器。

幾分鐘以後，經理回到辦公室。

「準備好沒有？我們現在就去基隆。」他說。

張校長的影像還盤旋我的腦際。

「如果欽賢談不攏，換我試試總行罷？」

「放心——」

他把「心」的音調拉得很長。

「到時我會親自出馬，張校長那邊是細水長流的生意，老弟，你當眞聽不懂我的意思？你去，卽使很快談攏，生意頂多讓你做一次。」

經理眼皮不停顫煞，十足市儈模樣。

「派欽賢去，不會是私心罷？」

「隨你想，」經理冷冷說道：「不過我話講在前頭，沒經我同意私自和張校長連絡，公司你免想再待下去！」

他威脅的話正像炮火的引信，點燃了我積抑的不快。

「他媽的！有好處儘往自己小舅子身上堆。」

「你說什麼？」經理怒不可遏。

「我說你這傢伙——他媽的！」

「你再說一次！」

「他媽的！你敢就裁我好啦！」

經理圓瞪著眼睛與我對視，終至萎蹶，皺起眉頭，拉直自己歪斜的領帶。

「老羅。」他說：「怎麼生這樣大的氣，張校長那兒的生意，如果你覺得對公司業務發展有益處，阿萬和欽賢由你來指揮，你認爲如何？」

這個轉了笑容的膽小鬼，等不及我將「操你先人板板」罵出口，便被我馴服啦。

4

雖然「他媽的」能和我內中橫生的氣流融合通滙，在舒懷排泄之中，產生一種獨特的快感；可是有時也會岔了氣。

哥哥來找我的那天晚上，我正和阿萬用撲克推測我們的宿命。牌攤在桌上，兩人像參與一場生命奧秘的烹燴，爲下面即將顯現的紙牌充滿期盼。

「我將有遠行，」他哆嗦著身子，撥散整齊排列桌上的撲克：「放在肥德家的行李替我搬到你這裏，以後再來提。」

我請阿萬出去買酒爲他餞行。

剛進高中那年，父母渡船到龜山島途中船覆溺水，哥哥變成世上我唯一的親人，我一直對他十分依戀。

杯觥交錯之間，阿萬邊喝邊唱宜蘭老家的鄉謠。我用吉他伴彈簡單的和弦。阿萬像豪放俠客那般縱情吟唱，唱得我懊怛抑鬱，粗獷的歌聲和著錚錚弦鳴，我依稀看到老家後院那棵覆蓋屋頂，沙沙幌響的高大梧桐。

酒精在幽深曲腸醱酵，我漸有醉意。哥哥跟我一樣不勝酒力，漲紅著臉。眼淚竟撲簌簌掉落下來。我停頓吉他的撥響，他擦抹淚水，咧嘴擠出些微笑容。

「老哥，」我撫握他的手：「這樣會掃大家的興。」

「沒事，繼續喝，喝個醉。」

他舉杯一飲而盡，一言不發步出門外。

我和阿萬走下公寓，迎面的車燈照出他顛簸搖擺的身影。

第二天黃昏我到哥哥的好友肥德家，他的老婆唐麗開門請我坐，自己捧起茶几上面的花瓶到水槽換水，坐回來將一株一株盛開的紅色玫瑰插回去。

「明弘要出遠門，叫你來搬行李？他只這樣對你說？」

「是。」

唐麗一陣瑟縮抖顫，隨之沉靜的臉上泛生淡淡的笑靨，我也被催眠般地隨她「呵，呵，」笑起來。

我們的笑聲仍在室內迴蕩，肥德打開大門走近我們面前，唐麗慌張丟下手中僅剩的一支玫瑰。

肥德冷漠的眼珠子在我身上溜轉。

「我來替明弘搬行李。」

「他爲什麼不敢自己來？」

我聽出他話中充滿惡意。肥德雖是哥哥的好友，我對他的印象並不好，他吝嗇而好計較。小時候他常到山裏採橄欖，下山裝滿沉重的布袋，過去向他討幾粒，總是用手往我頭上一推，轉身就走。更甚的，每到黃昏，他就裝笑臉慫恿我和母親一同洗澡；洗完澡，他就來問我母親身體部位的長相，開始我憨憨傻傻有問必答，後來知道他的詭計才閉口不語。

「如果你一定要他親自來，那我今天不搬啦！」

「當然你來也一樣，你們兄弟沒個好東西！」

「怎麼了啊？」我冷冷說道。

「你心裏明白，」

「明白什麼，最好話講清楚！」

「很想和我老婆睡覺是不是？好，我教你。」

肥德抓住唐麗的手腕，往前拉。

「房門不關，我就做給你看！」

唐麗被他硬架，到房門前，攀住門檻不肯放手。

「他媽的！鬧夠啦罷？」我將他們分開，肥德緊握拳頭猛力推擊，我往後蹌踉幾步，唐麗蹲在地上，掩臉痛哭。

「你不是我的對手，」肥德鐵青著臉，「滾罷！」

「等我搬好行李再走。」

「幹，生番！」

他在我沒防備下，勒住我的脖子。他的力勁奇大，我兩腳拖地，做著無謂的掙扎，終至被他勒到門口，我扳拘他的小腿，全然不起作用。

「好，好，我自己走。」

他鬆手將我推出，碰然關上大門。

裏面傳出女人失控的呼喊和間歇的碎裂碰撞。

「他媽的，有種就出來！」我狂力敲門。

肥德打開門，眼睛滿佈血絲，手中橫握一把菜刀。

「我一生最討厭聽到的就是『他媽的』三個字，有種當我的面再罵一次！」

他的兇狠猙獰一如中元節懸掛廟裏，滿臉鬚髯的判官圖像，完完全全將我鎮懾住。像鍛鍊丹功的道士呼吸吐納攪動了氣流，我半天說不出一句話。

5

這下子我眞的岔了氣，以後每當「他媽的」要擠出口，氣就萎餒。世間到處都是各色各樣的強人，有些軟，有些硬，凌駕人的模樣卻是一致。

只爲受哥哥的託咐到他家帶回分租時留下的行李，肥德爲什麼生那樣大的氣，不僅憑白侮辱自己的老婆，甚且握刀威脅我這無辜的局外人。後來事情的前因後果逐漸廓清，我深入思慮，終於確定一點道理：拳打腳踢，動刀動槍的人準是弱者孱貨。

幾個月後，阿萬回宜蘭，他說看到肥德衣衫襤褸，蓬頭垢面在市場徘徊遊蕩，叫他都沒反應等等，想來距離瘋狂似乎不遠。曾經奪我氣勢的肥德，竟落得這下場。

同時我收到哥哥遠從臺東寄來的一封信，切望我去參加他的婚禮，他和受盡百般折磨的唐麗準備接受我最深忱的祝福……

「老哥，你眞他媽的！」

許久未曾激盪的意氣唐突提起，我立刻警悟收斂。我想：我這樣罵他，豈不是罵了和他相同祖宗的自己。

現在，儘管受盡委屈，我絕口不再從嘴裏罵出任何一句髒話。

老施的雜記本

從擔當教師伊始，我便斷斷續續受祟於一羣或隱或現的魑魅。幾年漫長的體察，它們似乎在我內心虛卻，或生理機能耗弱時，進駐幽深臟腑，專事攪亂。

或許天生存在一種參機冥微的異稟罷，讓我極其方便抓住某個準則，記下歷經的奇特經驗，以暴露這些鬼祟的惑人行徑。

我會想說，一切緣於那個素昧平生的老校工……

爲使事情更形清楚，我從早上說起。

清晨上班前，我有收看電視新聞報導的習慣。今早，畫面映出成羣股票投資人強立鐵路平交道遊行示威的錄影，面對電視裏那羣揭櫫社會公義仲裁的投資人，腦海一陣無以言喻的茫然。

「何謂社會公義？」

我俯身繫綁鞋帶，心中因爲權衡不出適當的尺度而興起莫名的悒塞。電視臺播報員略爲激動的語調久久盤桓腦際。涼風自公寓五樓落地窗縫隙吹進，仲秋蕭索風味浸淫下，聲音逐漸化爲喑啞囂雜的飄浮灰塵。

穿過幾條汽車壅堵的街道，我適時走進學校，將出勤記錄卡塞入打卡機細狹的洞口。

「卡，卡，」兩聲。

監督打卡的職員隔著老花眼鏡向我瞄眼，一面捋撫懷抱中的白毛貓，繼續「阿，卡，沙，達，那」細聲唸讀他的日文拼音字母。

打卡制度剛建立，學校曾鼓起騷動。少數幾位拒絕打卡的教師離職後，大家儘管依然喃喃怨嘖，卻也耐心豎耳熟悉「卡，卡」的機械聲。二、三年來靜寂地爲學校上上下下樹立了無可替代的敬業公裁地位。

年終校務會議，校長說：

「人既已到學校，多道手續應該痲煩不到那裏去。學校建立考查老師勤惰的客觀制度，是基於保護學生課業免受損害的公義……沒有他們繳交數倍於公立學校的註册費，諸位的薪水袋可要騰空啦。」

又是「公義」。進入教室面對五十多位埋頭自習的學生，想著我與他們之間的關係，又是一陣茫然。

朝會，我站立三樓俯瞰整齊列隊的學生。升旗臺傳來迎風飛揚的叱咤，我手裏捧持硬皮卷宗夾，端詳一堆堆間隔排列的學生羣團，以便記下我的秩序評分。

晨間新聞播報員俊秀臉龐再度出現，漫張的嘴口彷彿說著：

「社會公義是莊嚴不可侵犯的名器……」

說到最後像攪拌了音波頻率，振幅轉弱。代之而起的是充盈耳膜的除草機嗡嗡厲響。

一樓教室前花圃有個我不認識的年老校工推著機器，在我耳際塞滿各類異響時，竟也來湊這趟熱鬧。老校工身穿鬆垮的藍斑花夾克，雙手握持機柄，顛簸跳躍，極盡興致地架起頑童嬉戲般的姿態，草地畫出彎曲雜亂的圖形。

「只有升旗臺威武挺立的那些人在講話，臺下的學生——甚至陪立督導的老師——都肅肅穆穆的，連肩膀都不肯稍晃，我依憑什麼標準仲裁各班的優劣？」

十幾年教書生涯，從未遇見這麼沒轍的事。

我舒定精神，尋找渙散心神的癥結。於是伸長脖子，想從上面呼喊：

「喂，老兄，你的這種霹靂影響我公正的評分啦！」

老校工像似聽見我尚未瀉口的腹語，關熄手中的操作，擡頭往上望，張跨根植地面的馬步，豎起食指指向我，而後以馬蹄形彎弧重複上昇下墜的動作。

「他什麼意思？」我心中納悶。

不久，老校工兀自盤坐被他刮去一層皮的草地，點燃香煙，面對空中悠閒噴吐煙圈。煙圈或大或小，四處瀰漫。

我再次認眞俯瞰：圍牆邊幾株木棉光禿禿的；牆角穢物零散的垃圾坑焚燒悶火；參差不

齊的樓房包圍下的操場，擁擠三千多個規矩直立的學生傾神注視升旗臺上那些人輪番的手舞足蹈；遠處側門有人在竹竿旁曬衣服；樓下草地，老校工的煙圈緩緩升空；左方辦公室窗口人影幌動；晨風泛著酸刻的異味；籃球場邊高起的小土丘以披麻皺的形狀蔓生翠綠的雜草。

「解散！」

升旗臺發出響亮的波震，操場訇然一聲，像爆裂的炸彈往四周彈開。最先跑向教室的國中男生，經過花圃，戳破幾只煙圈。等我定睛專注搜巡，煙圈不停往上冒，老校工刹那間從我眼前消失。

「他是誰？」我不禁驚愕自問。

後面蹣跚踱步的高中生，如後繼的浪潮，把十數株茶花含蕊吐苞的園圃湮沒。

走回導師室，我將無法作任何劃記的空白評分表交給負責統計的女職員，拿起溫水杯到淨水機旁沖茶水。

「第一節課已經過去二十分鐘，眞好。」教理化的張君對我直煞眼睛，嘻嘻哂笑。

「依成本會計，這節課的鐘點費可調高不少。」

脅夾課本去教室上課之前，他又湊過來細聲說。

望著他詼諧作態的背影，我想笑，卻被一身的怠倦抑壓了興頭。

特別以合板和導師室間隔的主任辦公室大門開敞，一個體格壯碩的高中男生立正站在膚色黯黑，挺鼓飽滿青蛙肚皮的訓導主任面前。

「昨晚到那裏鬼混？」主任板足臉孔。

「我沒有。」

「沒有？」

臉頰撥拍兩聲，學生沒站穩，幌動腰肩後退一步。

「狡辯！你自己照鏡子看，連帽子都不好好戴！」

「你跟我打歪的。」

「還頂嘴！」

又是兩聲，這回學生緘默不語。

我在自己座位看見全部景象。兩疊尚未批閱的作文簿幾乎與我眉毛平齊，和我一樣沒課的老師低頭專志他們的工作，構成一幅靜默平和的圖繪。

只有我受到騷擾，評分仲裁歷經的困境又閃進腦際，我乍然若有所悟：

「你叫他沒有機會辯白，讓他乖乖俯首認錯，不就仲裁了嗎？評分單隨便填個數字並不難啊！書都教十幾年了，還那樣沒門道！」

思索間，剛才推除雜草又吐煙圈的老校工站立訓導處門口，吊直眼睛盯我。他的頂額光濯，朝天肉鼻與眼皮縮皺一起；剛勁短鬚白中帶黑，由下巴往鬢角泛生；兩片贅垂的頰肉微微震顫。我似乎經由他滑稽形貌，想起久未認眞鑑鏡的自身，可能的邋遢啦。

訓導主任從裏面走出來。

「施老師——」他喊著向我招手。

「去他的！我懂了。」

我心滿意足逕自點頭微笑。右手靠近耳根往外揮擺。揮到第三下，老校工又不見，窗外櫺架幾隻痲雀啁啾不已。

「施老師——」

主任走近，遮住照射我身上的溫煦秋陽。

「你班上這個學生簡直無可救藥。」他說。

「他不是我班上的學生。」

「咦，你連自己的學生都不認識？」

「當然都認識。」

「那你怎麼說他不是你班上的學生？」

「本來就不是。」

「你那個學生壞透啦。」

主任悻悻丟下這句話，急走離去。

我循他的腳步朝裏望，仍然直立待罰的學生，緊抿嘴唇，滿臉悔痛懊喪。

「得罪了嗎？他可是直接評我考績的人啊！」

攤開作文簿，畫上幾個紅圈，我頹然擲筆，噓噓廢歎。我作了一些假設：如果沒擔任導師，訓導主任不會評我考績，可是月薪少收入五仟，五仟元可以買大綑上等細綿毛巾，放進褲袋，隨時抹拭臉上的汚垢；如果還在公立學校，逢人作揖打哈哈的機會就少啦；如果我不是敎師，可有懾人的本領，站出人前尊嚴說些公道話……

清晨新聞報導的畫面又浮現：南下北上的兩列火車在叮叮噹噹響的平交道交錯駛過，無數便當紙盒紛紛自車廂丟下，像似報復他們被無辜阻斷的曠時損害……播報員扯鬆自己的領帶聲嘶力竭：「所謂社會公義……」電視機像蒸熱的朱古力糖崩塌融化。

「不用怕！」

循聲轉頭，老校工站我背後，緊拉我的手直衝主任辦公室。

「格老子！你這腫皮傢伙！」

他救火般地直前衝刺，使我甫進門險些撞倒學生。主任緩緩擡頭對學生說：「簽過單暫時按下，再犯錯，別怪我無情。」

學生離開以後，看我站在面前，他來回搓揉眼皮：「你剛才說什麼？」

「我說，你這傲慢無禮的傢伙！」

主任拿起玻璃杯，撮口喝水。

「施老師，怎麼搞的嘛，今天說話吞吞吐吐的。」

我明白得很，從踏進主任辦公室我什麼話也沒說出口；即使狠下心罵他幾句，無論如何，主任的稱呼一定掛在最前頭。

「那麼誰在說話？」

猛然意識到這層，我一陣寒顫。像受電殛，背皮滲汗。倉皇間，我惴惴退回自己的辦公室。鄰桌新婚未久，簪紮紅色蝴蝶結髮髻的年輕女老師丟給我一片口香糖。

她小巧的嘴巴一面嚼：「施老，有個學生昨天下課把紙團留在書桌裏面，害全班整潔分數被扣；你是老經驗，罰她當兩星期值日生，會不會太重？」

「讓我想想。」

我撕破口香糖包裝紙，塞入嘴裏學她嚼動，消除齒縫間的穢垢。

其實除了老校工，什麼也不能滲進我的心懷。

他是誰？剛才還替我吆嚷一大堆我絕不可能出口的髒話，他跑那裏去了？我敢肯定他現在必然躲到某個陰暗的角落，伺機蠢動。

「莫非那些鬼祟又追纏而來，它們不僅不避盛陽直接現形，還幻化爲老校工模樣，拉我的手替我說話。」

疑慮問，我隨之想：

「像我這種敗敝像貌，連領帶都不曉得如何繫結脖子的人，有什麼值得糾纏？」

「怎麼樣？」女老師問。

「心中想罰，就罰她罷。」我隨口回答，乏勁至極。

「可是——」她將口香糖膠渣吐進一張廢紙：「萬一學生不服罰，藉不明事理的家長向校長投訴，怪罰下來，如何去擔當？」

「那就不罰嘛，」

「妥當嗎？整潔秩序比賽輸給別班可會影響我的考績，難就難在這裏！」

她突然拔高的尖銳聲調，彷彿涉水嗆鼻那般艱澀。

「施老師，你是老經驗，拜託拜託，千萬替我想個兩全的辦法。」

對她面臨的困境，我深加憫恤，胸中卻無點墨。我深吐惑心的悶氣，吹落桌案前人參榕小盆景幾只枯黃的葉片。

整個上午，沒有課程，偌大的導師辦公室由平靜到熙嚷，復由熙嚷到平靜的課間循環裏，我獨坐高聳堆疊的作文簿前，握筆胡亂塗抹，對更迭相尋的連串問題百思莫解……

問題出在那裏？

爲什麼十幾年沈穩如恒的教書生涯，偏偏今早睜開眼睛，便毫無緣由壓擠著成堆蝕腦的迷惑和猶豫？

「施老師——」

鄰座女教師再次呼叫我。這回她從電熱蒸飯箱提回自己的便當盒，坐著用粉紅色衛生紙擦拭調羹。

「我決定重罰破壞班譽的這名不爭氣的學生。剛才翻閱家況紀錄簿，她父親是鄉下的農夫，沒識得幾個大字罷？告到學校也沒啥好怕的。」

我不想參與她的表白，抓起放置桌上，學校分發給評分老師的餐券。

「吃飯時間到了唷，」我說。

「怎麼樣？我很想聽聽你的意見。」

「如果妳把處罰學生當作自身擁有的權利，當然……」

喉嚨的騷癢阻斷我繼續往下說。我突然情不自禁向她斜睇著期待答案的美麗臉孔擠眉弄眼。顧不了觀察她對我曖昧輕佻舉態的反應，我轉身速急穿過走廊，往禮堂地下室餐廳走去。

距離下課還有二十幾分鐘，餐廳空蕩蕩的。老闆收去餐券，握著長柄鐵杓準備舀菜。

「三樣菜，任你挑。」他說。

地下室透不進陽光的悶濕感損害了我的食慾，胡亂點了三樣，捧著飯食選定角落的位置。甫坐定，拿起筷子，這時校長和教務、訓導主任也扶著餐盤左看右看竟來和我湊一桌。他們三個人爲今早教育廳督學校務檢查的順利聊得起勁，我無法融入他們的話題，只好一旁陪笑臉。

餐廳老闆跟著走來往三人餐盤各放一大塊裹粉的煎酥雞腿，他恭謹佇立一會，又意猶未盡夾來閃閃發亮的清蒸帶魚片。

「挺新鮮的，」老闆呵呵哼笑：「嚐嚐味道。怎麼樣？我再爲你們煮碗榨菜肉片湯。」

「夠啦，謝謝。」校長說著，低頭作他的飯前祈禱。

我頗知趣，老闆說的「你們」當然沒將我盤算在內。我默默吃飯心中暗歎倒楣，這幾個權威人士靠過來，好處沒沾上，弄得我吃頓午餐都不安寧。

「會不會是隱遁無踪的老校工搞鬼？不然空餐桌那麼多，他們偏偏擠來製造這種場面？」

想著，耳朵乍然響起老祖母的聲音：「鬼魅作祟往往先看人，命格低的，運數衰的，它們便乾脆向他現身啦。」

彷彿腦殼開小竅射進微光，我頗有所悟：

「懵懵懂懂教十幾年書，連個組長什麼的也沒幹上是命格低；起床睜眼到現在，遇事就不順利是運數衰。鬼魅不纏你這類人纏誰？」

想到這層，我放下筷子，頓時全身發燒，臉無表情。

校長胸前劃完十字，拿起筷子翻動米飯。

「施老師」，他皺著眉頭，將雞腿夾進我的餐盤：「幫吃一些，我受不了油膩。」

「老施，你也吃些魚，」訓導主任把白帶魚分割兩半：「好東西要與朋友分享。」

端視盤裏突如其來的盛情，我面臨艱難的抉擇：不吃，違背人家的好意；吃，卻傷了自己的氣魄。

「怕什麼，膽小鬼！」

我又聽到那熟悉的聲音。回頭，老校工站在背後，緊握拳頭，齒牙咬得價價響。爲提防他再抓手替我惹事，我急忙防備，雙手往後摔。可是使力太大，拉回時掌背碰觸餐盤，卡在空中翻轉三百六十度，鏗然掉落。食物飛灑出去，雞腿撞進教務主任的懷抱，校長和訓導主任乾淨的西裝外套染上油漬，同時沾黏一粒粒耀眼的白米飯。

「啊！」我重重驚呼，不知所措。

「搞什麼嘛！」

訓導主任漲紅臉。可是經他這聲怒斥，我反倒心明氣定。我掏出衞生紙將零散一桌的殘餚慢慢掃進我的餐盤，低頭靜待可能來臨的局面。我知道，莽撞一場，倘使他們使性責怪，道歉也沒用。

校長一言不發，站起身彈掉衣服的飯粒。頃刻間，前後兩道敞開的木門學生蜂擁而入，桌椅的窸窣和著奔跑的腳步聲瀰漫我們四周。

我看見擺菜攤架前，老校工混進學生羣中，得意盈笑，頻頻向我招手。

「都是他！」

我帶著急切表白又找不到適當言詞的哀傷語調微聲呼叫。低頭悃款地向他們說明我的莽撞肇因於那個幻形鬼魅的攪擾。

「鬼魅？他說什麼笑話？」校長接過教務主任遞給他的一疊衞生紙皺眉頭，顯然仍舊爲他的威儀被傷害懊惱不已。

「就是雜在學生堆裏的那個老校工——」

我企踵遙指。唯恐他們不信，急忙放下餐盤跑過去，想揪出老校工，證明我的無辜，烏壓壓層層鑽動的人頭護衞他似的，稍微擠入，後推前擁的學生以更大的力量把我排開，無論我怎麼努力，始終觸摸不到他。被阻隔在外圍，我只得攤手望向校長表示我的無奈。

「亂哄哄，」校長握拳往餐桌重重搥擊：「你們訓導處平日是怎樣交待學生的！」就在他使勁的同時，殘餚又迸跳到他身上，像爲爬滿一身的蛾蠋所驚嚇，他不禁「啊，啊，」往後倒退。

「大家排隊！」訓導主任連續吹起響徹四壁的哨聲，疾聲怒吼：「守秩序！」

學生紛紛竄逃，只留下被推擠得暈暈眩眩，狼狽不堪的我，蹌蹌踉踉，撫胸喘氣……觸動校長的怒氣，我很沮喪，我甚至連走到他們身邊接受責難的勇氣都沒有。離開餐廳回辦公室的短短路程，我像遭遇有生以來未曾萌發的難堪劇痛，「眞笨，只差一肩便把陷害我的老校工逮住了。」一路上，我意識無法自主地喃喃自語著。

回到自己的座位，我盡力撫平自己惶恐的情緒，一面撐額盤計如何因應剛才惹出的禍事。我最需要安靜，有人卻去扭開電視機，懸吊牆上與我直面對的32吋大螢幕映出晨間播報新聞那個人正襟危坐，露出潔白的牙齒，類如清晨上班前那般大聲疾呼。

「社會公義是莊嚴不可侵犯的名器……」

「他媽的，你這個油頭粉面的傢伙怎麼那樣嘮叨！」

我捲揉紙團向他丟去，他的聲音愈走愈響，震痛我的耳膜。

禁受不住他的騷擾，內心深處彷彿射出數條水柱，滙成無法加以控制的洪流，我霍然站起身，趨前關掉電視機。

「喂，老施，我們在看啊！」

「不看也罷！」我緊綳臉皮。

辦公室裏的同事齊聲叫著。

「你不看，可是我們要看，你這個人簡直霸道！」

平生最忌諱的就是「霸道」兩個字，有人竟瀉口向我挑釁。我跳到電視機前的一張桌子，雙拳伸前緊揑，磋磨齒牙，抖出一身的挑戰姿態：

「看？大家都是聾子、瞎子！看什麼！有種過來開開看！」

或許幾乎迸血的裂眥將他們懾服罷，大家扭過頭去，全辦公室竟沒有一個人前來跟我的耍橫計較。

「聾子！瞎子！」

我跳下來，挺豎食指點向瞪目張口的同事們，逕自狂號，跨步走出辦公室的大門……

記下這則奇特經驗，我是經過深刻內省，才將它現諸文字。平日溫文和熙的我，想不到無端由地對同事動了莫名其妙的脾氣。上完下午的三節課，心情恢復平靜，漸漸為往後的人際關係感到惶恐。

「有人已經向校長報告我的暴戾罷？」

陰影籠罩，揮擺不掉。我獨坐在睡蓮盛開的磚砌小水塘前思考很久，最後決定進入校長室，向他解釋，我的心神幌忽，一切肇因於魍魅的戲祟。他傾聽我細說根源，像一個可敬的長者，直拍我肩膀說：「沒事，沒事。」但他否認學校有那種模樣的校工存在。而我，既已獲得諒解，為免節外生枝，有無之間就不便太堅持啦。

如果有人也像我被鬼魅蠱惑，藉著我揭發它們的技倆，及早尋得因應之道，而免蹈覆轍，紛沓世間中平凡的我，總算為世人留下了野人獻曝式的友愛典型……

戀人

我們在十字街口那家廊道設攤烹燴的小吃店消夜。寒氣凝重，屋子裏面我們素來合意的角落已被其他客人佔據，老闆擺出一張活動餐桌挪靠廊柱，放下簷前透明落地塑膠捲簾，笑盈盈嚼動尖瘦垂長的下巴，以對待熟客的詼諧語調說著：

「外頭反倒安靜，有風，最多也只吹到腳指頭而已。」

我的女友撥去冰櫃玻璃附著的水珠朝裏望，新燙的細捲黑鬱髮絲映照燈光閃閃發亮。攤架堆疊的燻烤紅色鴨肉細片——像扁碎飄零的薔薇花瓣，高高俯臨成羣遷化了尚且兀自攢頭挺伸的虱目魚；湯鍋冒出蒸氣，那盤錯雜的煎酥泥鰍彷彿剛獲得最後的一點活力，作勢跳進那團氤氳之中……

點完菜，她坐定，掏出衞生紙擦拭碗匙和酒杯。

「吃來吃去就那幾樣。」她說。

老闆端上一鍋脆瓜鷄湯，點燃桌上的瓦斯爐臺；我握起溫熱的陳年紹興酒瓶，倒進玻璃酒杯。

「爲什麼這麼晚才來嘛？」

她矯首舉杯，鄭重其事等待我融化喉嚨裏的塞塊。

菜陸續送齊了。其中，最搶眼的是一盤清炒薑絲的田鷄。

「老闆特別推薦，」她夾起小小彎腿：「吃剩的骨頭湊一塊，帶回去給妞妞吃。」

妞妞是她鍾愛的黃鬈毛土狗。我想，很少有人像她那樣豢養一隻滿街都是的土狗罷。固定購買進口寶路牌狗罐爲主食外，一天當中至少會買隻鷄腿或滷蛋犒饗它。怕骨刺鯁喉，總是撕碎了放到地面乾淨白紙上，而它慵懶踱來聞嗅半天，才喀喀啃噬起來。

「你還沒回答我的話。」

「哦——」

濁重的鼻音迸出艱澀的聲響，我謹愼瞧她和身整齊的裝扮，以及薄敷脂粉滑柔無疵的顏面浮露的自信抿嘴。這頓讓她足足等候三個鐘頭，由晚餐變爲消夜的約會，儘管平日她是如何委婉款曲，逐漸不豫的臉色是可以預期的。

我極其盼望她能夠由我的委蹶黯淡，理解我內心深重的歉意，不再追究下去。

「不能來，也應該有個電話。你就是欺負我會死心塌地等你？」

「對不起，臨時發生一點事。」

「什麼事。連通知的電話都不能打？」

我撫面和緩緊繃的神情，寂靜的街道間隔一層透明塑膠捲簾，偶爾有汽車模糊的影子穿過，炒菜鏟鍋的喳喳聲應和路口紅綠燈的閃閉，像似交滙而來的持續騷擾。

「待會再解釋可以嗎？」我說：「我們先快快樂樂喝這趟酒如何？」

「快樂？」她輕漫嗤哼：「什麼叫快樂？」

我煩躁已極，低頭閉口不再言語。

事實上我毫無食慾，只想蕭索冬日藉酒溫暖抖顫的身體，我心中另有鬱悒的纏結。

幾天前，老友孝典從新竹寄來一封限時信：

「爲解除我對友誼的困擾，爲維持你我都好的關係，請速將餘款寄來罷……」

所謂「餘款」，是指我向他借貸的四萬元，經過持續月寄五千歸還，剩下的一萬五。最近兩個月手頭拮据沒有滙寄，於是收到這封信。

我的回信充滿由挫折絕望異化的火氣：

「才一萬五便要談友誼！還記得你失業住我家，爲饜足你暢飲啤酒，我典當錄音機的事嗎？錢是一定還的。」

他沒回音信，想是被我的措辭嚴重傷害啦。

欠缺立刻償還的錢數固然使我憂傷自艾，想到信中對老友的尖酸奚落卻是心神沮喪的癥結所在。我在一家出版兒童書刊錄音帶的基金會工作，每月二萬五的薪水都不知道花那裏去了。父母死後負起我教育責任的大姊從瑞芳鄉間打電話到臺北辦公室，要我立刻寄錢去應姊夫的急事，我郵局存款簿的儲金尚不滿千元。我求助於曾經和我一道蝸居大姊家等待求職函回應的老友孝典，他滙去四萬元，並且答應我按月歸還五千的請求。

當時我幾近乎以一個施義予我的恩人那般去感激這位適時伸出援手的老友。而在應該克盡償還義務，由他提醒我的失信時，卻惱羞成怒。自己端正的臉貌裏層，遮掩的竟是這麼一個醜陋的現實……

經過一段漫長的緘默相對，耳中再次響起女友細弱的聲音：

「昨天我邀哥哥回基隆看父母。」

她往熱湯撈幾下，陡然放下筷子。

「母親患氣喘呼吸失暢，還要妹妹通知才肯回去，眞差勁！」

酒精在她兩頰押了畫記。

「你說，這種人算不算差勁！」

我沒有表示意見，左手指在右掌背搓弄類如提琴顫音的壓弦。論差勁我絕逃不過屬類其中的……爲向同事借調一萬五還孝典，我到素稱交善的基金會出納主任桑君的家裏，從黃昏周旋到夜晚，每當錢財的話題想出口，頭皮便直冒汗水。現在又不敢將這麼單純的遲到緣由告訴她，爲什麼自己是這樣軟弱的人？

「媽平時沒其他嗜好，就喜歡打打小牌，看我們兄妹回去，氣也不喘啦。午飯後，我提議陪媽來場牌局，你是知道，牌道我不精，只想親人見面有個和樂的氣氛。他大概嫌自家人玩賭注小，無論我怎麼勸都不肯還就，還罵我沒出息，媽也掛出悻悻的臉孔說：『誰說要打牌的！』大姊二姊人不在國內，經常回基隆探望老人家生活的是我，按月拿錢孝敬的也只有我，爲維護兒子，我隨時落個不是的下場。」

隨酒精的薰染，她的眼珠浮動淚光。

「聽媽的絕情話，又看到哥哥不屑的表情，我壓不住氣憤縱聲向媽猛吼：『我知道妳從小就討厭我，再怎麼做都貼不到妳的心！』大家突然安靜下來：父親坐搖椅一口一口默默抽他的煙；哥哥掌壓餐桌霍然立起，一叢黑黑的眉毛往上豎；母親咻咻乾咳拿出剛收下的柒千塊丟到我面前：『不稀罕妳的錢！都回去，我誰也不想見！』媽使力將我推出門外，碰聲關上鐵門。我沒片刻逗留，扭頭就走，一路淚水直下，即使怕吃哥哥的虧，也不應該我出去……」。

執拗脾氣的人總多苦難，我拍她肩膀輕聲安慰：「不打牌就算了嘛，爲這事爭吵多無聊。」

「誰想打牌！」她將我撥開：「都是你，早點把我娶過去我也不必受這些委屈。」

從她嘴裏颯颯飛射的箭鏃，罩起漫天的亮點直刺我心。三十之年歲將屆，轉眼年華稍縱即逝，可是我入不敷出幾近痙攣的拮据情狀，有辦法圓滿她憧憬中的快樂嗎？

她噙著淚水似欲啜泣，想到自己的困境，潛藏的火氣隱隱昇起：「自家人惱你，可和我沒關係。」我說。

「當然」她冷冷說道：「什麼都和你沒關係？」

我知道，瑣事繼續翻覆，我的任何回答終將成爲她舒張情緒的鵠靶。我不再出聲，獨自舉杯灌悶酒。

只一會兒工夫瓶酒已空，她的負氣以及老闆娘投來盯住的異樣眼神使我感覺了澀酒的乏味。

「走罷！」我說。

「你走你的，我自己回去。」

她眼眶微紅，拿起筷子撈出那鍋不曾攪動幾次的熱湯裏的鷄塊，仔細咬去肥油皮肉，疊滿一碗。我解情地要來兩只塑膠袋，分裝青蛙和鷄塊。

這餐不愉快的宵夜，她堅持付帳，爲免節外生枝，我只好由她啦。

離開夜攤，我們並肩默默前走，折到她所租賃公寓的狹窄巷口，暈黃路燈下，我聞到她身上散發深深酒香，寂冷的夜晚，想著她登上扶梯回到溫暖的內室之後，我還得孤獨跋涉幾公里外的住處，頓覺一股無有依憑的淒涼襲進紛沓的胸臆。

月光穿瀉一株枝葉蓊鬱的高大榕樹，落照那幢古老木板屋破舊的牆垣。牆角，側雜壘疊的垃圾堆，一條狗隱蔽著沙沙作聲撥尋食物。

「嗨！狗狗！」

聽到她輕脆嬌柔的呼聲，我已經離她幾步遠啦。

狗聞聲竄出。那是隻蹩腳狗，後肢斷折，艱難貼地匍匐，被敲擊而變形的尖長噘嘴「噢，噢，」哀咽嚎叫。

她傾倒手中的一包塑膠袋。小狗輕漫聞嗅，而後極度興奮地快速圍她圈繞，一身的髒垢，脫毛而浮顯的瘡瘢，使她嗬聲蹦跳躲避。

咔咔咬啃的聲響劃破清寂的冬夜。

「可憐的小狗，瞧你餓成這樣。」

我的女友望向我，綻開今晚難有的笑容，稍作猶豫，終至倒出手中僅剩的那包肉塊。想來，她是無法讓自己寵溺的妞妞飽逞口慾啦。

她卸下肩上的紅披巾，俯身端詳這條不期邂逅的跛足狗的吃相，像初次孕胎的母親專注凝視自己的紅嬰……

我的淚水突然簌簌落下。受委屈的她，替人裁縫以致駝了背的大姊，工廠裏汚油鐵銹黏身的孝典，乍然塡塞腦際，醞成一罈難以言敍的陳釀。面對諸多牽繫，自己日漸狹隘的心靈不知尚能容納張視天地間本然存在的美物？

「如果你願意，」我的女友靠身過來，現出成熟女人嫵媚的笑靨：「上樓喝杯咖啡如何？」

她大概不會再追究我爲什麼爽約三小時的困窘事了罷。

我們站立樓梯口，沐浴平靜的月光。從她幽柔的眸瞳裏，我彷彿看見佇立洛陽岑寥街坊的杜子春，忍受無限幻象摧擊，默坐崑崙山巓的成仙歷程，對著已化爲驢馬的母親終至淚盡呼「媽」，而摒絕成仙道途的那段故事。

魔生界

「當然，教書是件迷人的工作——」

房東紀先生亮露煙薰烏漬的牙齒微笑說：

「整天和一羣時時刻刻仰望你的天眞小孩在一起，這種生活彌足珍貴。」

在我結束寄宿生生涯，準備翌日搭早班火車離開都城，返回彰化老家等待分發任敎的夜晚，紀先生坐我房間榻榻米幫我綑包，顫動已屆中年清瘦泛黃的臉皮，以同行前輩類如臨別贈言的語調對我說話。

「但教書也是一種謀生的職業，你無可避免地會遭遇許多騷擾：有工作內的，有工作外的。比如某些較特殊的學生，你可能因爲改變不了他們的乖戾而垂頭喪氣；或是薪俸微薄，職位升遷閉塞，站立衆人面前使你自覺寒酸。其實，作爲教育工作者，這些都是蒜皮小事，你可知道最可怕的騷擾是什麼？」

紀先生睜睜望著我，擺出一副料準別人猜不到的莫測高深的姿態。

「最可怕的騷擾來自身心疲憊狀態下，你發現自己竟和欺身而來的幽魂，魑魅糾纏不清……」

「你說幽魂？它和教書有關聯？」

我將兩束綑好的行李移到牆角，回身發問，充滿疑惑。

「不錯！」紀先生濃眉上挑，臉皮由黃轉白：「當我和你差不多年紀，持續幾年都受到它的騷擾。」

他捻燃香菸，注視我的屏氣凝神，開始敘述早年服事教職的那段經歷：

「關於這些鬼祟事情，最早的那個以愀鬱面目現形，我年輕氣盛，甚至還跟他吵了一架……」

1

那時師專剛畢業，分發臺東深山一所小學擔任實習教師。開學前一天，我攜帶沈重的行囊，由花蓮坐火車到關山，轉搭開往桂竹寮的客運。三小時漫長車程，順沿水量豐沛的溪流直上，抵達終點，再由鐵牛拼裝車載往另個行程。粗糙的產業道路，車身震盪搖晃，途經異聲不斷的樹叢，急湍，狹仄岩壁的二小時車道，到達學校所在的村落，暮色已臨。微微斜傾的高兀臺地，視野遼闊，我看見美麗的山村景觀，散居比我想像中龐大的聚落屋舍。

經過詢問，很容易就找到學校辦公室。校長是個衣著樸素，舉止溫文的中年人，看到我如期前來報到非常高興：「午後我便一直守著辦公室等你呢！」他說。

收下我的派令公文，隨即幫我提起放置地上的其中一個囊包：

「挺累罷？我帶你到宿舍，有話明天再說。」

他爲我安排在他的鄰隔，比他宿舍格局略小的一幢磚砌瓦屋。屋內有二房：一間擺床，一間靠窗處放著陳舊的書桌，中間客廳空洞洞散落幾張矮藤椅。

因爲校長已經叫人打掃乾淨，我幾乎沒有費什麼勁，一下子便把床鋪好了。

我又累又餓。如果有什麼速食麵之類的東西裏腹，一定也視爲無尚的美食，偏偏行李裏面連個餅乾都沒有。躺臥床上，窗外一片灰暗，身歷莽張體力的艱苦跋涉，我感覺了遠離自己熟悉天地那股蕭索寂寥的沈重。

遙遠處兩盞泛茫燈光像行將燼滅的火堆透著滯塞的弱息，籬笆樹經風沙刷婆娑應和吱喳的蟲鳴。

我掌撐臉側躺，睡意由淡漸濃……

模糊意識裏，我依稀看見學校升旗臺前有人蹲身試圖觸怒蜿蜒地面剛蛻皮的百步蛇，以一端分岔的竹桿瞄準蛇頭戳刺，蛇身翻絞往竹桿蜷曲……人潮喧囂的擺攤夜市，尖銳喊聲疾呼，突然訇隆滾下幾只黑褐褐的煤油鐵桶……

沈甸的鐵桶全部壓我身上壓得我透不出氣。醒來，深深吸口氣，扭捏瘦癢的鼻孔，肘臂撐身頂住枕頭。惺忪間，我看見敞開的房門前有人站著。陰黃燈光打在那人高瘦清癯的身體，褶縐寶藍色西裝外套裏面，白襯衫紐扣整齊直扣到頂，緊緊箍束脖子。他只站著，默聲不響，深陷的眼眶浮泛乏力的直眼向我望。

「你是誰？」

我扶身想問個明白，霎時他已不見。

「或是誤撞的在地人罷？」我想，隨後溫柔侵襲的疲困，不覺間我又闔眼跌入昏沈的睡眠。

我又彷彿置身濁浪騰天的海水浴場，幡旗飛揚。我漸游漸遠，力道虛脫，澀水嗆鼻。我奮力躥出水面，將落的夕陽乍然逆溯竄升，停駐半空，爆裂爲一閃的燦爛煙火，天際留下攢縮的白芒球點……

再次翻醒，懸掛天花板的燈泡，輻射白光，映照牆壁層層剝落的灰斑。

我坐起身，房門口，剛才那個高瘦的中年人不知什麼時候又挺身佇立，縐眉下張瞪一雙暗鬱的眼睛——直透別人魂魄般——將我鎖定他的視線裏。

我保證，那時非常清醒。我所目觸的絕對是一個形象鮮明的人，他憂色沈重的樣子，時至今日，仍然鮮活縈廻我的腦際。

他就站著一動都不動，而我因爲摸不清楚他的企圖，也漠楞楞回瞪他。

大概僵持了幾分鐘，他終於跨進門向我睡覺的床移近。

「先生，」我再也按捺不住，開口露出底牌：「我是新來的老師，校長剛把這間宿舍分配給我——」

他對我說的話根本沒有絲毫反應，走到床邊，完全出乎我的預料，從床上一把抱起我，連氣也不哼一聲便重重把我摔落地面。忍住筋骨的疼痛匍匐爬起，我看見他和身躺進我的床舖，散亂汚穢的頭髮壓靠我的枕頭，兩腳高高彎翹，呼呼吐氣，狀頗得意。

我個子雖然不高，在學校的足球隊卻是踢後衞，向來不害怕別人的橫衝直撞。他徹徹底底將我惹火了，憤怒使我無暇再去顧忌可能產生的後果。

「他媽的，你講不講道理！」

我亮聲喊叫，直截進前往他的身上摸索，一手提衣襟，一手抓褲帶，旋身向外抛射。隨後我緊握拳頭，想他膽敢欺身發動新的攻勢，立刻給他好看。

「嘀！」他默退房門口發出艱澀的喉音，傲慢的眼神運動一股懾人的氣勢，像似等待我的敗氣屈服。

我也隨手抓起身旁的椅子威凜作勢。

「不管你是誰，敢再跨進一步，有你好受！」我陰聲篤定說著。

「唉——」

他垂下眼瞼，重重拉聲長長的歎息，拖拉沙沙的細弱腳步轉身離去。等張豎耳朵方能辨別的腳步聲隱然消失，我才緩和緊繃的神經，俯身輕輕拍彈枕頭棉被沾惹的泥塵，料理滿床的混亂。

「紀老師，」

是校長的聲音，房門未上鎖，他已自動開門進來。

「剛才乒乒乓乓的，你跟誰吵架？」

校長傾聽我敍述經過，頻頻插話安慰我莫跟不講理的人計較，答應明天請木工修理宿舍門窗。

「抱歉，本以爲山區寧靜，鎖沒什麼用處。」他說。

後來我描繪那個人的形貌，校長臉色漸漸凝重，不停歎聲搖頭。

「眞看仔細了嗎？」他愼重其事地：「若是他，頸後應該有塊明顯的青斑胎記。」

他拉我到擺放書桌的房間，從抽屜雜堆找出一張照片：「看看，是不是這個人？」

那是一張虬根巨樹爲背景的六吋彩色照片，一個男子右手攀拉吊垂的粗大蔓藤，頭戴圓形盤帽，活像斬棘披荊的冒險家。

「沒錯，是他。」

校長接過照片，速疾放回抽屜。經過囁囁嚅嚅的短暫語塞，最後他說：

「是陳老師，這間宿舍原本是他住的。我調派來當校長後幾個月，他採集藥材墜落山崖而死，算算已有兩年，難道他的英靈不爽？」

一年的實習，我並沒因此搬離那棟宿舍，事實上荒僻的山區也沒有其他地方供我居住。

據校長說，陳老師兩年前出事從臺東鎮調來山區，至於什麼事他沒明講，只說：「想是某些礙難啓口的不名譽事罷。」觀他神色閃爍，事不關己我也不便追問。可是一臉絡腮鬍，酒量特大的在地人曾老師卻說：「不名譽的事？別人我不敢說，陳老師絕不可能。他的妻小還住臺東，如果你有能耐替他伸寃，去找他的家人，他們或許會說的。」

到底誰說眞話？心中實在沒個譜。可肯定的是，那個年代，犯過也好，含寃也好，出差錯大都調偏遠地區淡化了事。無論如何，這是那個時候處理事務慣見的人情啊。

陳老師從此沒再糾纏，我也漸漸忘卻他無謂的唉嘀歎氣——活著的時候忍氣吞聲，現在屍骨都成灰，還有什麼好跟活人爭的？我暗下一個很正氣的斷語支撐自己度過陰氣蠢動的長夜：挺得住吵，你便無所畏懼，可以安穩睡自己的覺，尤其面對的是愧疚猶存的鬼魂。

可是爭吵的對象是活人呢？

第二學期開學，我擔任導師的六年級，有二位女生沒來上課，幾次到她們家都探不出消息，晨會我提出報告。

「別白忙啦，」校長呵呵大笑：「你沒聽說她們已經墜落平地嗎？」

他的飛白輕描，我非常不諒解。我挪開椅子站起，霎時怒火中生，手腳不停抖戰。

「既然知道，爲什麼不早說！」

經我無禮指責他很傷惱，相互頂撞的話於是開匣宣洩，話頭總在各執一端反覆重伸：我認爲及早揭發，可能還有機會挽回被販賣的機會；他說當老師的不是神，力量微薄，無能扭轉社會病態。

最後我丟下一句狠話：

「他媽的，你是屁股塞子！」

全校八位教師，僅有兩位平地上山的他和我，經此一吵，再怎樣也親切不起來。學期結束，我入伍當兵，他調升臺東鎮區學校。退伍後，我回師專申請成績單，校長給我的實習分數正好六十，雖說及格，卻失去甄選進修師大的機會。

你可知道，有些活人拳頭是藏在袖子裏的。

書還沒教上一課，便和同事的鬼魂爲爭宿舍吵架，憶述年輕時代意氣充沛的荒謬事，終覺可笑。

2

還有一種不現形的魑魅，即使你被糾纏到極端懊惱的地步也沒有機會和它們擺道對上。

這類魑魅最煩人心懷，因爲眞假之間你抓不準尺寸，分不清楚所有景象是眞實或是虛幻。

讀師專的時候，我當飛行員的哥哥駕駛飛機墜落高雄愛河，死於一次演習空難，退伍後我以烈士家族的優待身分離開山區請調臺北淡水。白天教課，晚上讀夜間大學，畢業後參加甄試，我如願升格教中學，分發桃園濱海的國中任教。

開學前我去報到，總務處職員帶我到操場邊緣的獨立平房，指著屋旁豎立的一根水泥柱：

「從教室懸空拉來六十幾尺長的電線，不曉得那個缺德鬼趁暑假人少，偷偷剪掉。」

他慢條斯理旋轉宿舍門把，繼續他的解說：

「如果還願意住這間宿舍，暫時可能沒電。」

我放下行李，望著他微駝的背，感覺渾身燥熱。

「電線什麼時候可以架上去?」

「水電工一來，隨時都可以，可是——」

他打開最裏的窗扇，欲言又止。

窗外一片鮮綠稻田，清澈的灌溉溝渠迤繞屋後，堤岸林投結滿橘色纍實，流水淙淙聲隨同午後和風悠悠輕拂耳際。

「學校有伙食團，」他將鑰匙交我手中：「不想自炊，可以去搭伙。」說著，逕自步向屋外。

這裏的確是很好的住處。屋棟三連，兩間閒置，屋前有片偌大翠綠草坪隔開教室，左面鐵皮蓋頂車棚盛植的扶桑像似一道上了漆彩的擋牆。放眼四望，我幾乎預先看到：清晨從鳥的啁啾中醒來，抖擻筋骨的愉悅；夜晚靜坐草坪，黑漆漆的大地，繁密星空下，仰觀流星劃過天際的奇景。

我就那樣子住下來了，可是幾天以後，漸漸感受它的不便。例如，宿舍沒有廁所，想上，總要摸索老半天才能到達屋棟最外側並不怎麼乾淨的小糞坑；晚上點蠟燭，經風搖搖晃晃，常騷擾看書的專注；睡覺稍稍翻身，竹床喳喳作響，下凹的縫隙會挾持膚肉……對諸種不方便我並不太在意，那時我沈迷笛卡兒的哲學幾乎已到難以自拔的地步。回宿舍，捻亮燭火，坐定攤開書，便苦心思索笛卡兒基於怎樣的想法，竟運用粗略的邏輯論式試圖證明比他完美的上帝的存在。

每當感覺不便，我常禁不住想：「有電燈豈不更好？」然而初臨陌生地膽量彷彿突然縮小，幾次經過總務處想問消息，卻不自覺躲避什麼麻煩事似地加緊腳步離開。

同在伙食團吃飯的單身同事間，彼此漸漸熟悉，他們很喜歡以我的離羣索居作爲揶揄的輕鬆話題。

伙食團炊事工友，叫老余的退伍老兵看大家聊出興致，總不忘探頭湊熱鬧：「溪邊的漂亮別墅喏，」他嘿嘿低吟，經常發黑印堂上面的眉毛聳動幾下：「打從踏進學校，我就想搬去住。」

我心裏明白，他話中有話。

平常最會打哈哈，長髮及肩，教生物的女同事還說：「喂，我們晚上到溪邊散步，可不能誤會是什麼鬼魅喔！」

黑髮油亮的一位老廣接口說：「人家在吸食日月精華吐丹功，妳們去打擾，苦練的功夫就破啦！」

「破你的大頭鬼！」生物老師赧紅臉嗔罵。

伙食團裏，大家嘻嘻哈哈湊一塊，常在我的宿舍找話題，好像認爲我的暗夜獨居是強張膽氣，他們各下賭注看我的能耐。

我很少自我表白，掛著缺乏威儀的笑容，「哦，哦，」回應他們促狹意味十足的熱切關懷。

有關我宿舍及其周遭的傳聞，儘管我不甚在意，卻是頗爲聳聽：

那年五月，有個應屆畢業國三男生仰喝農藥，萎死堤岸下壘石堆。學生成績優異，校方和家長都否認曾經責備該生，死因成謎。爲等待法醫驗屍，曝屍二晝夜才草草收埋。幾天後，他的導師下課回辦公室，途中被學生攔下問數學題，霍然發現，竟是那個自殺身亡學生的慘淡咧嘴……

我的隔壁原本居住一位屛東人，不堪一再遭竊，學期末辭職他就。離校時在校門口被疾駛的汽車撞傷斃命，肇事者逃逸無踪……

二次大戰，學校是附屬機場的日本軍事廣播電臺。盟軍飛機轟炸投中播音室，逃避不及的日本人困埋頹圮的建築物地下室，匆促間無人收屍超渡亡魂，而後荒廢，臺灣光復夷平敷設水泥成爲學生的腳踏車棚。我的宿舍——存放檔案的資料室——工作中的兩個日本軍人目睹慘狀，揮動佩刀發癲狂奔，溺死堤岸外迴湍入海的溪流……

入秋以後堤岸常不安靜，長年服務學校的同事夜晚都曾聽見，有時在堤岸，有時是我宿舍前草坪，隱約傳出「嘿唷！嘿唷！」類似列隊軍人的晚課操練……

對這些累疊不斷的日本兵傳聞，爲了得到較切近的事實，我曾作一番考察：

晴朗天氣，站立學校二樓圖書館前護欄遠眺幾公里外僅見片線的藍海，木麻黃樹叢掩蓋的稀疏農舍散冒炊煙，想著飛機由海邊俯衝而來，高炮飛射，塵土飛揚，此處因應戰事而有的騷動。隨即映入眼瞳的是：中元盂蘭盆會，日本野心家挑起征戰的這些無主羈魂，披散餓鬼的亂髮，渺茫面海的無助。

假日騎腳踏車繞過通往學校一座狹橋前的亂葬岡，沿入海的溪流尋找日軍殘存掩體的蛛絲馬跡，時日湮隔竟無所見。我憩息水塘前雜貨店喝汽水，膚色黝黑，一身泥土濁味的老農與我談話：

「日本廣播電臺唷，那一天空襲轟炸，莊內徵調機場建築工事的便死去三十幾人。」

可資探問的舊事，幾乎都是這些壯年橫喪戰禍的死亡故事了。

我依然下班後晚飯前孤獨流連屋後的田埂，靜坐堤岸欣賞鯈魚出水的輕曼，夜晚秉燭溶入笛卡兒隱居鄉曲冬末面對熊熊壁爐繹理出來的「思在」。

活命時以征服者姿態肆虐全島，死後庇託幽冥蠢蠢欲動的日本兵鬼魂，倘若他們眞的存在，卻從來不曾在我燭光閃晃的獨居中，以任何形式表達他們不甘沈寂的雅興……

一個月過去，總務處依舊沒有派人架電線。他們的拖沓，說穿了，都因事不關己，以懶散精神隨便應付我並沒特殊顯得急切的要求。我下定決心找他們爭取我的權益。

「眞對不起，」當初帶我住進的職員說：「我們也是一催再催，水電工就是不來。」

總務主任聽到我們的談話，移開桌上的卷宗，扯下老花眼鏡。

「曹先生，」主任說：「北邊單身宿舍不是還有幾間空著？叫他搬去就是了。」

「不，」我急忙應答：「我喜歡現在住的地方。」

「剛開學，我們從早忙到晚，你卻堅持住那裏，難道不嫌麻煩？」主任點燃香菸，吸二口，又將它觸熄。

夜晚，點亮晃影幢幢的蠟燭，我撐腮細想：

「說得也對，爲什麼非住這裏不可？」

黃昏飯後，有一回我到較爲相知的美術老師老羅那兒喝茶，他力勸我搬來單身教師聚集的這排臨街宿舍。

「你來，彼此有個照應。」

放下茶杯，屋外壓縮幫浦的聲音「波波」響；隔壁宿舍，麻將突然「卡卡」攪和起來啦。

如果當初總務處安排我住這裏，或許我還能習慣，現在無論如何對這兩種聲音是耐不住的。

「架個電線眞那麼難？」

於是我堅定意志，搬或不搬，非等他們架好電線不可！

師專時代的同學阿炳，從花蓮騎英國進口優勝牌三百六十西西摩托車環島路過，住宿我處。他已經辭去教職，繼承父業成爲一家販貨五金大盤商的老闆，面對微弱燭火，聽完我的敍述，他握起類如拳擊家的碩大拳頭：

「你還把自己當作剛出道的傻鳥！簡直欺負人嘛！」

我默默無言。及至他將話題轉到苦追數年尚不肯答應結婚的女友，露出一臉的頹喪，我方始有些笑容。

我們喝完整瓶黃龍高粱，論筋骨他活像田野衝撞的一頭蠻牛，論酒量可不如我優游自得。他摩擦火柴點盞杯中剩酒：

「藍色的火燄，清淡的愛情——」

伊伊哼哼只唱兩句，倒進竹床，微鼾隨同高粱的酒氣瀰漫整個屋室。

深夜我被一陣暗啞的悶胸聲吵醒。阿炳坐在竹床上，兩眼翻白，左手揉頸脖，右手指劃半敞的窗戶呼喊：

「魔鬼啊！魔鬼啊！」

看見我亮起床邊的手電筒照射他汗涔涔的驚怖模樣，他才靦腆撫著頭顱，委蜷鑽進棉被。

第二天，臨去前他爲昨晚的失態向我致歉：

「大概窗前那只保溫瓶引起的幻覺罷，矇矓間有隻毛茸茸的手伸入揑壓我的脖子……」

阿炳走後，夜裏我常不自覺瞟瞄阿炳指手慄呼的窗外，感覺有什麼東西踞伏似的。幾天以後，連續睡覺作惡夢，自小我是很少有夢的。

夢裏的情節一再重複：

灰暝的午後，老羅一干人來聊天。門外草坪有個蠟黃多縐紋，髮根上聳，嘴角垂落涕液手握粗棍的男人指揮成羣渾身灰綠的小孩唱童歌。談說間，小孩突然喧嘩囂揚，試圖擠進門，我臂頂門板，卻沒有一個人前來幫我共同抵禦。

接連幾個晚上，我神智迷濛，似睡非睡。及至雞啼，野外蟲聲漸次隱去，我才睜開酸澀的眼睛，迎接轉白的天色。

我陷進一種極其糟糕的狀況。睡眠不足，精神無法集中。拿起書，笛卡兒的「笛」剛映進眼裏，隨卽半人半獸的牧羊神「潘」吹響蘆笛，緩踱荒曠原野，吹奏令人潸泣的失愛悲歌。

有一堂課，我將「爨」字寫在黑板，想以解文會意的方式向學生解說意思。寫到字形裏的「大」時，嘴邊還說：「那表示增添柴火的兩隻手，」觸書黑板的粉筆卻定住了。不知經過多長時間，聽到班長：「老師，老師，」輕聲喊著。我一驚醒，赧紅臉險些踉蹌講臺下。教書以來從未發生這麼無地自容的事，學生一張張莫名所以的靜穆臉孔全集中我身上，我連道歉的話都說不出口。

下課回辦公室，我懊惱已極，連喝口茶水都燙了唇。老廣在對桌窸窸窣窣左右邀牌局，那個只會以食指觸彈課本歌曲旋律的年輕音樂老師悠閒扶著小鏡子抹脂粉。

我愈想愈氣：「人家過得多自在，而你，簡單的一盞燈可以折磨得神魂顛倒。」

我霍然立起，直登二樓總務處。

總務主任放下手中的作業：「上回你來不是說要搬走嗎？」

「我可沒這樣說，要搬也要等到電線架上才搬。」

他以手推托眼鏡，嘴角歪斜痙攣。

「既然如此，我們會以最快速度處理。」

「最快速度是多久？」

「大概兩三天罷。」

「兩三天？兩天或三天？」

聽出我的挑釁氣味，他落下沈寂的臉，懸掛一副不以爲然的笑容。

「對不起，校長出差，我不能確定。」

「你最好確定！」

「那是不可能的。」

他越輕描淡寫裝斯文，我的火氣就越大。

「你們總務處簡直差勁到離譜的地步！」

我厲聲高喊，所有的職員都停下工作擡頭向我投射同仇敵愾的眼神。

「年輕人怎麼這樣說話！」

「不立刻把電線架上，還有更難聽的！」

「你到底想怎麼樣！」他終於沈不住氣，拍桌站起。

「他媽的，僞君子！」我不甘示弱。

在我們捋臂攘袖，作勢欲發之際，總務處裏裏外外圍來許多人。我昏昏沈沈任由老羅和老廣架回一樓辦公室。

伙食團因爲我的動怒吵架，增添了飯食間的新鮮話題。老廣用他素常裝腔作勢的揶揄：「老兄，今天算我救了你，眞打起來你會吃不完兜著走，你可知道主任和校長是什麼關係？」

「管他什麼關係，」老羅說：「那有一條電線架一個多月都架不好的。」

生物老師以女性的天眞小聲問我：「當眞指著他的鼻子罵他媽的？」她呵呵癡笑的神情好像認爲敢罵髒話正顯示了氣魄。

我心中憂煩，不想多說，飯後他們一夥人高高興興到校外池塘散步，我獨自踽行踅回宿舍。

我背靠枕頭躺臥竹床，直視窗外棲息樹叢的幾隻鷺鷥。耳際響起逝世多年老祖母的聲音：「運途高，鬼祟不敢惹你；哮嗆多喘幾下，它們就惡形惡狀，無所不至。」連日失眠疲困已極，彷彿老祖母坐我床側，經她輕柔撫摩，我漸漸沈入睡鄉。

向前的夢境又浮現啦。

臉色蠟黃髮根上聳的指揮家腳著特大號軍鞋，喀咔喀咔踏步。門外草坪聚集無以數計的小孩，雙眼濁白，張嘴呵聲，不停以手搗岔，像似發動攻擊前的會音。我奮力頂門，宿舍單薄的木門碰然開敞，火紅的太陽瀉下金色修芒，屋外一片翻風的麥浪。

醒來，洞開的門外，狂風大作，雨水傾盆急下。

我起床關閉門窗，點燃蠟燭。窗隙滲進一條條水柱，車棚鐵皮翻掀碎裂剝剝暴響，屋頂像奔馬蹂踐，倏忽煙塵飛揚，霧氣籠罩。

不久一種突如其來的不安隨同我或緩或急的呼氣慢慢擴大，我被難以言喻的迴異氣氛所包圍，浮顯的毛孔滲出汗水，感覺揑壓阿炳的毛茸茸的手隱避外牆伺機伸張，門外草坪不知名的異物正在無聲滙集。

我靜坐書桌前，稍一提神很快又渙散了。我遭遇平生未有的驚駭，存在或不存在已非視眼所能區分，難道他們藉助飄蕩的陰氣羣聚而來搶回被我盤踞月餘的地盤？他們是誰？是深埋車棚下的日本兵羈魂？是領帶一羣綠色盲孩的指揮家？是附近亂葬岡積怨未消的邪靈？是攪動這場暴風雨的魑魅？

如果是場決戰，我有什麼可資抵禦的武器？風雨中唯賴燭影區辨敵我，僅有的大概就是爲掀開答案，孤獨應戰的悲壯存心罷。

現在，屋外驟雨嘩嘩落地，溝渠滙水轟隆，勁風嗡哼撼樹掀翻車棚鐵皮，隱約間我聽得出衆籟競囂之中夾雜特異的，忽近忽遠飄浮不定的嗚咽聲。

我從未聽過這麼淒涼的聲音。像有人吹奏大管簫籟，看似中氣欠足的低抑，卻有類如腐屍味的穿心竄鼻。風勢稍弱，它優游閒走，欲擒故縱般幽浮無定；風勢轉強，它像盤旋空際的飛蛇，籠罩我的四周，最後壓蓋一切，成為這羣異聲的主導，在架隔的木窗外幢幢閃動。

決戰的時刻已到！我手執電筒，打開門挺身站立。

「像個模樣，就站出來！」我激厲呼喊。

除了與我僵持對峙的嗚嗚聲，什麼異象也沒有。

雨勢暫歇，雲層裏的月光將夜空映成白茫，對面教室簷間雨水緩緩滴落，草坪積水順地勢流向屋後溝渠，車棚幾張高掀的鐵皮拍上拍下，那陣嗚咽，夾在間歇的風聲，「嗚——嗚——」宛若一揚一頓的喘息回應我的吶喊。

後來那喘息聲漸漸轉弱，終至像挨一記悶棍的狗隻呻吟幾聲倒地抽搐而張嘴無聲了。大概晚餐後小憩補足近日喪失的元氣，我與奮輕拍身後由簷際架落地面的通水管鐵皮，只一轉眼，時空錯換似地，塡塞胸際不再是無以溯源的驚怖，而是強烈悚動的慈悲心懷：「如果你們也像被我摔出門外一身邋遢的陳老師那般現身，闃著鬼火靜列草坪，儘管面目如何猙獰，我是願意如琵琶師無耳和尚鏗鏘撥彈數曲，安撫你們這些魂魄失落海隅的鬼魂……」

月亮戳破雲層攢出圓圓的一張臉，流水淙淙十分悅耳。

深夜入寢，我又恢復無夢的睡眠。

第二天中午，總務主任跑來伙食團找我。

「老紀，老紀，」他親暱叫著：「吃飽飯請立刻回宿舍，水電工正爲你架電線，那些地方需要開關、電燈，儘管吩咐他們做。」

有燈，一切都方便。省蠟燭錢不說，想喝水，插座一按，等電熱爐冒氣就行了。大放光明的斗室，夢裏夢外，無須再顧忌導致我無端失眠的擾困啦。

可是我的歡喜維持一天便結束。電線架好的次日，承包福利社的商人便來整理隔壁的另二間宿舍，張羅開張事宜，四周變得雜亂不堪，青翠的草坪也被輾出一道道車痕。幾天後，我搬去當老羅的鄰居，市場般喧鬧的福利社與鄰街的宿舍相比，麻將聲毋寧悅耳一些。

許多事當眞費人猜疑：夢寐中霸氣十足的那些鬼魅，爲什麼在我立意決戰時臨陣退縮？總務主任如果早告訴我那兒要設福利社，我又何必動唇舌吵架？死人活人的事都一樣，除非他們肯由衷說明眞相，任你有參天悟地的靈敏，答案永遠懸掛別人的心囊裏。

教完一年，經阿炳父親輾轉介紹，應聘臺中一所私立中學。書教越久，我越懂得這行業的規矩。我體會出一個道理：任何兩相對立的事物總存在可以諧調的觸媒。看準這點便可自我調適而怡然自得，刻意撩起紛爭得罪人才是眞正弱者。從此，儘管受盡委屈我不曾再和人吵過架。

3

如果我說，我曾經被死去朋友的新魂戲弄一番，你會認爲荒唐無稽嗎？

倘使你耐得住聽，我就仔細敍述他那浮貼我心中，直到今日仍舊未曾消褪的若有若無的形象……

事情發生在我剛應聘到臺中那所私立中學的第二學期開學後不久。

有一天我收到淡水教書時忘年之交魏老，他家屬寄來的訃聞。二天後，正好利用學校指派我到臺北參加教學觀摩的便利，入夜搭乘開往淡水的火車，趕出殯前向他的家人致哀。

火車緩緩駛過燈火燦爛的臺北市鬧街，平交道兩旁擠滿等候橫越的汽車，鈴聲鐺鐺響。

我坐最後一節車廂，面對直排的陳舊綠色塑膠套沙發長椅，從坐上車，便撇開車廂裏稀疏乘客各自矜持的臉孔，維持一腳側壓椅座，一腳交垂的姿態，將臉探向窗外。死亡的訊息使我對人身脆弱的這層現象，萌生異乎尋常的敏感，仰視模糊星空，內裏的激盪久久不能撫平。

疾行間，景觀不斷轉換。想到許久未曾見面的魏老，失去活命，靜躺著變了樣的軀體，心中不甚快意。

火車停靠圓山站，幾分鐘後，駛越橫跨基隆河的橋樑。上方高速公路來往車輛穿梭不斷，下面腐臭的滯水籠罩在黝黑的暗色之中。

我跟魏老的友誼究竟建立在什麼樣的基礎上？有什麼特殊的情感蕩漾促使我遠來哀悼魏老的亡魂？長久融入心中的記憶不過是些模糊的舊事而已。

那年，夜間大學只剩一年畢業，爲趕寫一分有關方志學的報告，整個暑假往返淡水和臺北中央圖書館兩地奔波忙碌。暑假快結束，總務處的人告訴我，有位外縣轉調的老師要來和我同住，因爲我住的原本就是眷屬宿舍，還有房間空著。

報告的資料整理妥當，我回花蓮老家探望父母。再回淡水，打開宿舍簡陋的框鑲玻璃木門，我赫然發現窄小客廳藤椅上坐著一個老人。他寬鬆麻紗白衫顯露嶙峋骨架，頭顱頂著稀疏髮絲，輕輕揮搖蒲葵扇。看見我，他停下扇子向茫然失措的我投以深深的注視，輕聲欬咳，走到門口：「紀先生嗎？敝姓魏。」他說。

我放下行李，點頭稱是。

「冒昧，冒昧，」他微微哂笑，又踱回藤椅揮搖他的扇子。

這是我們第一次見面的情形，我印象深刻。

從此兩人同住一個屋簷，平日隨便慣了的我，意識中多層顧忌總覺不自在。面對體貌幾乎比我父親蒼老的這位長者，我不曉得要以怎樣的態度待他才算得體。我儘可能留辦公室準備課業，忖度他應該入睡才回宿舍。有時白天同在客廳，我吞吞吐吐找些可以拉近距離的話題。他經常面露讓人難以推測的笑容，習慣性地往自己身上拍搖那隻已現裂縫的蒲葵扇旁視不語。他是怎樣的人？爲什麼遠從屏東遷調北上？這些疑竇起初極其強烈停駐心中，可是看慣他悠閒自處的緘默模樣，我也漸漸對他沈穩外表下可能蘊藏的諸種問題失去興趣。

那時如何相處的生活細節，大部分我已不復記憶，只有一件事，情景依然歷歷在目。

開學後二個多月，校長派擔任學校福利委員的魏老和我到臺北後站聚市的成衣批發商，洽購校慶運動會教職員體育服裝。步出臺北火車站收票口，魏老突然拉住我，精神激奮地暗指十幾步外牆角竊竊私語的二個人：

「老弟，聽我說，」他差不多是將我肩膀整個環抱過去，湊近我的耳朵：

「從淡水發車，我就注意那個滿臉鬍腮的矮子，你看，他正把接手的小包塞進夾克，絕非善類，我們跟去看他們要什麼把戲。」

滿臉鬍腮的矮子拍拍夾克，旋身沒入喧雜的人潮，魏老急忙跟過去。

不多久魏老跑回來，咻咻喘氣：「快走！我們到基隆。」

再次看到滿臉髫腮的矮子，我們已經坐上開往基隆的火車。魏老攤開報紙，凝滯地由鬆垮的老花眼鏡窺伺與我們各據三角形頂點的矮子，像似攫得目標獵物的鷹隼，他的眉宇飛揚我從未見過的神采。

矮子若無其事翹著腳，兀自向空中噴吐煙圈。而我因爲六神無主，不時扭動硬綳的肌肉以緩和這不尋常的緊張氣氛。

火車駛進基隆的月台，矮子臂伸懶腰，摸摸夾克，跳下車廂。

我們緊跟在後，維持五六步的距離。

「絕不會走眼，」魏老舒張喉嚨，信心十足：「瞧他站立車站門口四處張望，一定等人來接應。我們慢慢瞄，馬上就有答案啦。」

矮子在車站門口雙手持續往頭頂揮動，百多公尺遠的碼頭也有人做出相同的動作，矮子應身跑去。

「你通知警察，我先上。」魏老使力推我，自己踏起矯健的腳步奔向碼頭。

醞釀中的情勢不容許我稍事猶豫。當我在剪票口附近找到警察一同匆忙趕到，年過五十，單薄清瘦的魏老已經和他們糾纏一塊：魏老蹲俯緊勒矮子的腳不放，接應的人漲紅臉扳魏老的手臂。

警察吹哨喝阻。

那張熟面孔撫揉自己的大腿：「這老頭子上來就抱我的腰，莫名其妙！」

「身分證請借我看，」警察對那兩人說。

「光看身分證有啥用？」魏老冷冷嗤哼：「叫他把夾克裏的小包掏出來，立刻知道他們進行什麼勾當。」

矮個子聞言，臉色翻白，虛卻卻對魏老瞪眼：

「你憑什麼看！」

警察捏著身分證，輕拍幾下：「拿出來罷！」

矮子無奈，交出紙包。警察認真翻閱紙包裏面厚厚的一疊照片。

魏老問：「什麼東西？基隆港要塞的照片罷？」

「你自己看！」

警察將照片遞給魏老。我湊身近前，原來是一張張極盡淫晦的洋妞春宮照片。

「傷風敗俗的傢伙！」魏老罵道。

「幹！」矮子斜眼啐了一口，魏老沒理會，交回手中的照片。

「要不要我們到警察局作見證筆錄?」

「不必啦,」年輕警察紅稚的臉綻開詼諧的笑容:「我們會處理。」

警察帶二個人離去,漸走漸遠,碼頭停靠的一艘艘龐形貨輪以及間雜的低沈汽笛鳴聲,不久將他們的身影吞沒了。

回程車上,想起放下採購的工作,跋涉基隆的前前後後,我禁不住啞然失笑。

「你是怎麼發覺矮子有問題?」我問。

「經驗!」魏老眼睛閃爍晶亮的光芒:「不瞞你說,誰有沒有問題,不出第二眼,我絕對全部看穿。」

說到「看穿」,他抖擻精神迸出雄渾的中氣,與他看似羸弱的外形全然不搭調。

「老弟啊,凡事多看幾眼準沒錯,像宿舍你的幾件內褲,有那個鬆緊帶是好的?你們年輕人可眞懶。既住同一屋簷下我沒把你當外人看,可是有些事我得好好勸你:你書架的幾本俄國小說,雖是此間的出版品,只要是俄國人的觀念想法,多看總是不妥,改天塑膠袋一包扔掉算啦;還有,心中沒個信仰,讀辯證法很危險,卽使是黑格爾的東西,未蒙其利,先受其害……」

我的手臂孵出粒粒疙瘩,滲透和身的冷汗。

「話說回來，」他望向窗外倏忽飛過的綠色田野：「雖然沒幫治安機關破獲案子，總算盡了一點當國民的義務。」

回淡水，好幾個晚上我都睡不好覺，不管魏老在或不在，宿舍多耽幾分鐘總覺渾身不對勁。幾天後，我租到一厝荷蘭式磚砌建築的古屋，屋主安排給我的房間，臨窗可以俯瞰淡水海口的景色。怕魏老誤會我嫌他才搬出去，晚上我特地買來高粱和滷味與他對飲，趁微酣的酒意，我告訴他，我不想住學校了。

「老弟，」他說：「你是聽到學校有人議論我嗎？」

我躊躇支吾，不知如何回答。

「那你知道我是有家眷的人囉？」

我從未看到他這般急躁的樣子。

「好兄弟！」他極其感動，熱切握住我的手，眼眶出現淚光：「要不是你自願退讓，暫住屏東娘家的妻小，不知等到何時才能過來團聚。」

因爲襄助他們一家團圓，稍後安頓妥當，他還請我回宿舍暢飲，有時他也送些滷味到我住的地方。最隆重的一次，他不僅帶妻小，同時送我一分包裝精美的禮物。

「打開讓大家看看，」他說。

拆開紙盒，裏面是一具日本製高倍望遠鏡。

「望遠鏡對你絕對有用，」他拉我到陽臺：「這地方是絕佳的據點，漁船進進出出，你每天詳加觀察，說不定幫政府破獲什麼驚天動地的案件……」

「花去老魏一個月的薪水買的唷。」說話的魏夫人很年輕，膚色白皙，笑容間有明顯的酒渦，他們准一的女兒剛上幼稚園。

我們之間的友誼大概建立在這個根源罷。

爾後，我到桃園再轉臺中任教，每屆年節都有賀年卡來往。他遷入自己購置的公寓底層，收到他喬遷的喜函，我曾依照人間養生送死的禮儀，滙去一分賀禮聊表慶吉之意。

火車到達離開二年的淡水，晚春夜風由側面吹來，車站前人羣紛遝，各色車輛流過狹窄的街道，緩步中感受到的微薰氣味，加深我內中無以名狀的忐忑。

順著向前熟悉的斜坡巷道，依照地址，我在距學校不遠一排公寓找到魏老的家。

魏夫人出來開門，一個小學生模樣的女孩靜坐空地角落燒冥紙，火光映照她稚嫩的小臉，黑邃邃的眼睛張眨幾下，抵禦滑過臉龐的灰煙。

靈堂中央懸掛魏老的巨幅遺照，筆挺的西裝外套，以類如歌唱家的帥勁，瞳眸生動地往四方投射。

她引我到沙發坐下，微聲唉歎：

「當他將嚥下最後一口氣，側壓的臉突然扶正，想吐瀉什麼秘密似的，眼皮輕顫，嘴巴大張。對那說不出話，逐漸鬆頤的下巴，我只好按家鄉風俗，塞進一枚煮熟的鴨蛋。」

公寓面積不大，靈堂以及背後由白色粗布幔圍隔起來的棺材占去客廳大半。我們所坐的位置偪促餐桌旁的角落。魏夫人臉色蒼白，嘴唇淡無血色，但嬌小勻稱的體架流露成熟婦人洞察世事的風韻。我想不出什麼話語來安慰她堪憐的處境，暗裏將原本盤計好的奠儀加增一倍。

「紀兄弟，老魏心裏總惦記你這個和他投緣的朋友。」魏夫人壓低聲調帶著無限的感懷說：「設非葬儀社的人來料理，我簡直找不到人就近幫忙，娘家的人不說也罷。」

說到最後魏夫人竟至哀傷啜泣。

照片中的魏老似乎不停朝我斜視，那種眼神我極熟悉，在他生前一旦找到覷探的目標便常發射那樣的睥睨，令我不勝敬凜。

屋外冥紙的濁煙隨風飄入瀰漫客廳，氣氛顯得凝重。我一直努力避開的魏老半身像，乍然如無法抵拒嗆鼻，先是鼻孔一陣攪顫，而後橫眉上翻，嘴口微張，像似舒吐梗塞喉嚨的悶氣。

「啊——」我閉目摀嘴，禁制驚呼露形。

「眞的，老魏幾乎沒有朋友。」

她扭過身看魏老，照片卽刻回復原先帥勁的表情。

「難道是錯覺？爲什麼會有這種錯覺？」精神回穩，我暗自思量。

「紀兄弟——」

她伸手覆蓋我的手，女性柔荑的觸感由我的掌背沁透，她的呼吸散發一種似曾相識的香味。有一回她和魏老吵架，醉醺醺跑來我租賃的住處，要求我暫留她一個晚上，哀怨聲裏就飄著這股濃郁的香氣。

「老魏走啦，可是我和孩子還有漫長的歲月。」

「的確，這才是重點。」我緩氣說著。

她那令人暈眩的香味愈來愈濃烈。

魏老那邊，適才以爲錯覺的一張老臉撇過來撇過去，經染的黑髮直豎，惡恨瞪視。

我收回被覆蓋的手，張望他扭曲得幾近滑稽的面貌，心裏反倒不再驚駭。

「稍安勿躁！」我以和活人談話的語調默念：「就像那天晚上，我不是好端端把你老婆帶回家嗎？」

魏老彷彿聽進我的表白，照片裏由惡恨轉爲焦慮的蹙眉，嘴角莫名所以牽動著。

「我們現在活生生，明天到底有命沒命，只有老天才曉得。」魏夫人浮起小小的酒渦，茶几下拿出咖啡色公事包：「你聽得進老朋友的誠懇忠告嗎？」

她掏出一疊表格：

「只要上面簽個字，我們保險公司會爲你未來的禍福張羅一切。」

迷濛意識裏，覺得拒絕適値新喪，心懷哀傷的婦人體貼老友的溫柔請求是項不可饒恕的劣行。照片裏的魏老像又甦活過來，頻頻向我點頭。

我依她的指示，在文件上面簽了字。

「至於保險金額，」魏夫人笑靨盈盈：「我一定爲你設計最有利益的那一種。」

離去前，我再次向魏老捻香致禮。香燭灰煙裊裊上升，我看見魏老挺伸帥勁，眼角充滿潤光，一如向前我說要遷出宿舍時那般心存感激……

回程火車，黑壓壓觀音山下，淡水河口波光粼粼，窗外擠進的夜風吹得我渾身難受，我不禁想：

亡故的新魂，藉助照片的形象表達個我的喜怒，一縷孤魂緲茫摸索黑暗的過程，竟有餘力參與家人的世俗作業，這是我歷經的許多事情當中，最讓我嘖嘖稱奇的。

4

「所以我說，」紀先生伸展他長久屈曲的雙腿，將手中的菸蒂緩緩觸進菸灰缸裏：「最可怕的騷擾來自一羣糾纏不清的鬼魅。」

我靜靜傾聽他的敍述，同情之中摻和淺淺的自傷，究竟即將成爲實習教師的我是無法算計此後將遭受如何的命運了。

「有一種叫麥桿菌的，沾染這病毒會產生類如你說的幻象，聽說過嗎？」我問。

「或許罷，我也曾經想一定是自己有什麼不對勁。讓我比較困惑的是爲什麼只在年輕時候才顯現病徵？結婚後，靠妻子娘家的幫忙，辭去臺中私校的工作，在臺北妻子服務的國中謀得教職，一待十幾年，平日謹守分寸，凡事唯諾，身邊又多了貼心的人，鬼祟事就無醫而癒啦……看到你細包的興奮形色，我不自禁回憶從未向人啓口的當年舊事。我的遭遇有値得你參考的地方，就將它擺進心裏；如果認爲我所說的全是無稽之談，就當是一個教書多年前輩的獨我囈語罷……」

說到最後，紀先生兀自撫頭陷入沈思。經過短暫的沈默，他深深舒吐一口長氣，恢復慣常平穩和易的表情，抓起我的手輕拍兩下：

「夜已深，打擾啦。」

說著站起身，謹愼掩好門退出我的房間。

紀先生離去後，我躺臥床上，兩臂交曲墊靠疏鬆的絲被。面對收拾整理而顯得異樣空曠的四壁，我感覺自己彷彿置身不知名的陌生地，睜眼不能成眠。

窗外，月光照射垂吊陽台的藤蘿盆景，茂密的細葉閃耀暈晦的點點映光，遠處傳來持續引長的犬吠，我竟如受到感染，沈入紀先生詭秘的經驗之中，無能克服突襲的驚悸而顫抖著……

公主棺槨

「行啦！」髮絲斑白密緻，臉色紅潤的老教授坐在折疊式帆布椅向堆土機揮手，高聲呼喊。

囂雜機械聲嘎然停止，四周頓時平靜。七、八個散落百坪大小內，學生模樣的研究人員，拎起手中工具紛紛趨近深掘泥堆旁進行他們的操作。

窟窿呈彎弓形，整理好的部份，出土遺蹟構成或圓或方的築樣；有些地方青褐色油頁岩石板片片聚疊，閃爍暗濁冷光。坑內考古隊小心翼翼翻撥泥土，坑外零散聚集二三十個人，或引頸俯骸，或竊竊議論，偶而幾隻鷹鷲急衝而下，飛進不遠處垂纍飽實的釋迦果園裡。

我旅行路過附近城鎮，逗留一夜。從報紙看到考古人類學教授率領考古隊在此地挖掘鈍族公主棺槨，爲被湮埋的古文明作歷史鑑定的新聞，於是趁機緣趕來瞻仰二千多年前尊貴人的屍骨殘骸，搭便拍攝，爲籌劃中的個人攝影展摭拾可用的素材。

我選擇站立的位置足夠瀏覽小隆丘四周圍的動靜：坑內，學生緩慢一成不變地往泥層翻撥；圍觀人羣大都張眨盹眊的眼眸左右顧盼；小隆丘下方通往村落的鄉道路邊，燒烤香腸的攤販炭煙瀰漫，幾個男人圍著使勁摔骰子吆喝對賭；高偉聳矗，圈柵起來稱爲文化地標的月形石柱，鐵欄內二株棕櫚彎斜的樹幹，小孩攀升嬉耍，幾百公尺外鐵路局新建的火車調配廠，偶而有載運列車引長笛聲緩緩駛過……

面對眼前雜亂景象，我的腦際一片空白。我像乍然失去觀察能力。無法感受這些組合究竟和時空存在什麼樣的關聯。原本準備拍攝的念頭，由於這層陡昇的鬱塞，使我遲遲無法按下快門。

站在窟窿邊緣，午後溫煦陽光下，竟至感到陣陣虛寒。我從脖子卸下照相機，扶進帆布背包，心中充滿興致勃勃跋涉前來卻毫無所獲的遺憾，即刻離去或繼續留下？只在我的躊躇閃念之間。

這時坑洞有個男學生掌心托鉢一只小陶甕向我站立的地方走近，我抓住他眼睛與我交投的機會，蹲下身輕聲叫住他：

「先生，」我問：「你手中捧的什麼東西？」

他停住前行的腳步，環視周圍聞聲聚攏而來的立觀人羣。

「是用來陪葬的一般陶甕。」他隨口說。

「有特別意義嗎？」

「意義？事實上，這裏的每一寸土地對我們都有意義」。

陽光映照他微微漬汗的臉容，彷彿我的追問觸動他的敏銳，顯得神采奕奕。

「這只陶甕和鈍族公主棺槨有關罷？」

「公主棺槨？」

他現出冷漠而厭惡的表情：「全都是報上說的，我們連什麼公主都不知道！」

說著，擺脫糾纏般地，快步走到隔著坑道與我相距四、五公尺遠的老教授跟前，遞上陶甕。

「他們又在詢問鈍族公主棺槨，報章雜誌自設的故事嗎？」老教授問。

「陣日總有一些無聊的人來耽誤時間！」學生像受到無限委屈嚷叫起來。

「算了罷！」老教授微笑說：「任何專業知識都有面對庸俗的痛苦。」

「陶甕裏面還有幾根骨頭，要不要清理？」

老教授搖搖頭，將甕口貼近耳朵傾聽，一手撫拍學生肩膀，學生又踱回忙碌挖掘的人堆。

他們一老一少的搭唱像對我拋來一頓沒來由的搶白，到底什麼地方得罪他們了？我立起身來，漲紅臉，一方面感覺頗受冤屈，又覺得非常不服氣。我心中忖思：不錯，任何專業知識都有面對庸俗的痛苦，可是把自己的工作當成最神聖，不容外人置喙，也是專業知識的蔽障啊！

我望向老教授，賭氣式地想從他身上觀察所謂知識專精者究竟擁有怎樣的異人形象！

他坐在帆布椅優閒咬著煙斗，銀白髮絲下，紅格子花襯衫配穿卡其色牛仔褲那種和學生無甚差異的打扮；臉上維持輕淡笑靨；除此之外，我全然看不出另外存在什麼莫測高深的威儀。拍攝人像的經驗裡，他這樣的形象無論如何很難引起我的注意。

學生陸續將挖掘出來的東西用透明塑膠袋包好，送到他面前，經他審視黏貼標籤，在筆記本寫下紀錄，隨手擺置身邊曠地。塑膠袋閃閃發亮，愈聚愈多，散列他的四周。

「有理由再逗留嗎？」我暗自悶想，不自覺往後倒退一步，轉身準備走下隆丘離去。

「你問話的小蘿蔔頭懂什麼，鈍族公主石棺的秘密捏握在他的手掌中！」

說話的人就站在我身旁。他穿著素淨唐衫，紐結直扣到頂，嘴唇上邊蓄留濃密髭鬍，散佈白皙的膚色上顯得特別突兀。

他伸手指向老教授，湊嘴貼近我的耳朶：「注意看，那一包包出土器物就是證據。」

他過於熟絡的舉動使我不知所措，我緘默等待他更進一層表示。

「鈍族公主棺槨的出土，可是臺灣考古界的大事！」他按壓指頭，咔咔作響：「根據鈍族後裔的傳說，這片距海不遠的豐饒平原，二千多年前熱鬧非凡；日據時代以來的研究報告大略能夠勾勒當年盛況，只差較完整的地下出土物證而已。」

他繪聲繪影再次引燃我對公主棺槨的興趣，雖然考古隊否認它的存在，甚至譏爲笑話。

「二千多年前，有那麼古老？」

「一點也不古老，同時代漢帝國已在長安建立璀璨輝煌的文明了。」

他放大聲量，似乎刻意撩起別人的注意。只差幾步遠的老教授應該聽到我們的談話罷。他仍舊坐著，時而俯仰，時而注視燼滅的煙斗，我揣測不出他內心的想法，但笑容逐漸由他臉上褪去，代之而起的是接連皺眉吐氣。

「這批人每天下午兩點準時開工，連續七天我從頭盯到尾。別小看那一包包塑膠袋，寶貝可多呢，例如石刀、骨器、燧石器。你可知道隨便個燧石器在古董界都喊得出價格。現在老教授想獨攬定位歷史的光彩，公主棺槨的消息秘而不宣，任誰都可以理解。」

講到最後幾個字，他激奮慷慨，口水從齒縫間噴射到我的襟前。

或許我的微笑傾聽鼓勵了這位唐衫客，認定我和他站同一條陣線，他推開圍攏聽他道說的人羣，意猶未盡拉我手臂坐下附近的石塊，遞上煙，並爲我點燃。

「先生，」他吐出一口煙氣：「我何嘗喜歡把這位老人當成學界敗類，凡事都可以融通，不是嗎？」

可掬的笑容，抑揚頓挫有致的語調，無一不令人感到親切，我禁不住想聽他話語中的最後答案。

他轉頭挨近，細聲說：

「能否告訴我，你屬於那個單位！」

「那個單位？什麼單位也不是。」

他伸手摸我背包，像洞悉別人秘密，發出咯咯的曖昧笑聲：「是報社，雜誌社的？」

「都不是！」

「好罷，都不是。」

顯然他並不相信我的話，扭動肩膀，有些失望。

經過一段無言以對，我站身而起。太陽從半中天往下斜，天邊浮泛淡淡的霞彩。帆布椅的老教授依舊坐著，那一包包映射輝光包裹殘片的塑膠袋，彷彿將他包圍壓擠在狹小空間，連伸足都侷促艱難。他像不勝負荷，兩頰緋紅，悶澀喘氣……這樣子我熟悉極了。幾年前我負笈東瀛投拜鳥居先生門下學習攝影，仲春時節，他望著京都平安神宮前雨點般飛漱的櫻花落瓣，由我手中接過沁涼「地酒」，即將啜飲入口的當兒，同樣不堪急來的速喘，一張褶皺的臉痴定在鮮紅的落櫻堆裏……

我所等待的就是這一刻罷！我無暇顧及唐衫客和老教授間存在的爭執，鈍族公主棺槨的是是非非原本對我就不具任何意義。

我相機重新垂掛脖子上，著唐衫的那人也跟著站起。

「先生，」他說：「我沒有特別用意，只想請你幫個忙。」

他的阻擋令我不快。

「我是十足陌生人，能幫什麼忙？」我說。

「我的要求不過份，開工以來，每天我都懇求老教授開價碼讓給我幾個燧石器，可是這老人倔強得很，無論好話說盡，總不答應。我相信你是有身分的人，有你出馬他一定賣帳，肯替我討個人情嗎？」

他終於吐露接近我的眞正企圖，我咧嘴釋懷呵笑：「對不起，我沒有這份能耐。」我說。

「如果你答應，我會有你好處，也不再追究老教授珍寶自匿的惡跡；如果你不肯幫忙，我只好使用自己的方法了，你應該懂我的意思。」

「我不懂你的意思。」

一邊說著，頭也不回地撇下他迅速走到原先選擇視野廣濶的窩篷邊緣。胸懷膨脹某種微妙的感觸，乾澀的嘴腔滲出淡香的口液，天空到地面醞釀先前我無能察知的迴殊氣氛，我亮起鷹隼的厲眼，透視光熱明暗在我眼前滴漏、溶解……

迸然「哇！」的一聲齊響，坑洞另側喧嘩騷動，學生不停蹦跳鼓掌，黑亮的頭髮在空中飛揚披落。

「教授的推測得到證明啦！」

「鈍族果然有文字！」

學生失控的呼喊感染在場的每一個人，大家都往發聲的方向靠攏，月形石柱棕櫚樹上的小孩，賭香腸的幾個鄉下人也奔躍過來。

窟窿邊緣站滿圍觀的人羣，我看見坑道裏一位中年婦人——大概也是個考古教授——圓渾的臉龐，帶著母性慈祥的光芒，捧扶兩只偌大混泥的暗褐色陶甕，在學生擁簇下蹀蹀踏步前來；老教授雙手插腰巍顫立起，像似迎接凱旋的戰士，興奮抖擻。

我從未親身經歷如此場面，鼻孔「哼哼」透氣，抵抗周身毛孔傳來的聳動。

等我會過神來，調整光圈準備按下快門，窟窿上方竄出兩道急影，各自從女教授手中搶過一只陶甕，高舉過肩，嘶厲呼吼：

「這是我們祖先的東西，你們無權擁有！」

衆目睽睽之下，這兩個皮膚黯黑，自稱鈍族後裔的年輕人，幾次矯勁的奔跳，從我身邊蹓躂而去。

「站住！」學生堆中霍然追出兩個人，平原礫石地上他們互相顛簸追逐，落日在前，蒼白的蘆荻迎風搖晃，像竄進斗大的紅紅夕陽裏，最後剩下幾個小點。

「回來！你們的生命遠比物化的東西貴重！」

坑道裏面的考古隊，因爲老教授的揚聲喝止，靜默不動，凝固般呆立著。

突然，老教授張口仰天，緊握手掌痙攣晃撼，他極其緩慢地，像分解每一道下墜的動作，終至頹倒落地，和著陶甕的碎裂聲，地面揚起一陣煙塵。

「他媽的，搞什麼鬼！該不是串通好的罷。」

唐衫客的嘴臉，讓人多看一眼都覺得噁心，我沒去理會，他變得在我身後失神喃喃囈語。

走下小隆丘離去，我還想著老教授那張臉，平生拍攝，我不曾看到有人以那樣悽苦的模樣表達自己的病喪。對於沒經同意便拍攝他的隱私著實令我不安，可是有機會向天下人提供知識專精者的異人風範，我心中也就不那麼掛懷在意。

都市人羅文德

1

特別圍隔起來的小辦公室，羅文德坐在褐色軟皮沙發椅，彎弓腰背，拿起香煙往茶几敲彈幾下，驀然擡頭，注視他的老闆小滕輕輕哼哂的鼻樑，終於全盤招供：

「我何嘗要去招惹，可是事情便那樣自然而然發生啦。」

小滕絲毫未放鬆他的懷疑，手指關節壓得喀喀作響。

「公司就我們兩個男人，既然我沒幹，是誰心懷不軌不挺明白了嗎？」

「我只是開她個玩笑而已。」

「秀娟還未出嫁，這種玩笑能隨便開喔！她怕人家看到腿，昨天才將辦公桌下方落腳的空隙專誠用白報紙黏糊起來，你這個缺德鬼，別的地方不戳，偏偏在正中央狠狠戳了三個洞！」

小滕先是抿嘴，後來像不堪忍氣，撕開原本嚴肅的臉，咧口哈哈大笑。

2

開秀娟玩笑的這件事，就羅文德來說，總覺得小滕有些小題大作。

自從羅文德領悟「絕不能隨便對女人屈服」的道理，擺姿態對待女性，作爲都市人，他堪稱獨樹一格。許多稀鬆平常的事情，因爲對象是女人，只要動了心念，他都可以在幾近痙攣的亢奮中，享受施耍的幽默。

那天近午，爲趕赴客商的午餐約會，他形色匆促穿梭一條行人密織的市街。喧聲吆喝的攤販以及橫加停放的摩托車佔去大部份面積，使狹窄的通道更加擁擠。他左閃右幌，竄到兩個年輕女人身後，想快步越過，幾次都被這兩個閒踱交談的女人不期然伸出的手勢阻擋。伺候許久，他終於搶個縫隙蹌到她們前頭。爲避免碰觸女人身體，穿越的姿勢過於傾斜，一輛摩托車後座伸出的鐵條戳進他的小腹。他撫按疼痛的肚子回視女人優游自在的模樣，心中突然震盪抽搐，興起個念頭：「不懂事的傢伙，總該給她們點顏色！」

他放慢腳步，點燃香煙，猛吐外噴，忖度兩個女人掩鼻皺眉的窘狀，暗自暢心陶醉。

「先生——」

沒加理會，他繼續緩步抽煙。

「先生——」又是相同的女人聲。

他停步轉身，本想開口回敬：「妳擋我的路，我就噴妳的煙。」卻岔了氣，衝入胸腔的急煙幫浦般壓縮出來，彈到穿藍底白花洋裝女人低胸領口，在她的細緻皮肉瀰漫擴散。

女人惡恨盯瞪羅文德漠楞楞的臉孔，一手揮煙，一手遮護胸口，發嗓嗔罵：「色狼！」

「So long?」羅文德彷彿由自我催眠中回醒，揭起滿臉的倔強：「小姐，我跟妳們非親非故，幹嘛跟我說『再見』！」

「神經病！」兩個女人齊聲尖叫。

受到阻滯的路人紛紛投注鄙夷的眼光，羅文德不願久留，晃頭聳肩，和著心頭的燥熱急行沒入浪潮似的人堆裏。

仲春熙陽映射對街高樓銀墨色玻璃窗片，安全島綠芽吐尖的樟樹迎風小颺。他急步穿越十字路斑馬線，翻掌向外對列排汽車做請讓的手勢，心裏直咕噥：「叫我向妳們兩個女人低頭，門都沒有。」

這場勝利雖然稍帶苦澀，但氣勢上總算站了上頭，羅文德赧紅著臉，掏出手帕擦拭趕路滲出頸脖的汗水，調整歪斜的領帶，很快又恢復素常平和的儀態，信心十足挺軀跨進與客商相約的餐廳。

3

「知道是我戳破的嗎？」

「她沒說，只顧發脾氣，哭嚷著要辭職；他媽的，如果不好好舒解，連我都要被嫌疑。」

秀娟是公司成立二年多來唯一元老職員，年紀雖只二十五六，處理事務細心精鍊，深獲老闆的倚重。她掌管公司內外帳及出納，從不曾出差錯讓老闆操心，甚至公司短缺週轉資金，她都可以幫忙籌足化解難關。現在爲了一個她承受不了的玩笑鬧情緒，確實讓身爲老闆的小滕憂心忡忡。

「怎麼舒解法？」羅文德問。

「看你的囉，」小滕說：「開得出這種玩笑的人，自然也有辦法找到平撫她的藥劑。」

「你意思是說我應該當面道歉？」

「隨你便，只要她不鬧就好。」

「我爲什麼要道歉？」

「我沒說一定要道歉，辦法是人想出來的——」

「她高興怎麼貼怎麼黏我管不著，可是辦公室只我一個男人，辦公桌又和她正相對，豈不擺明指控我偷看她的大腿？更氣人的，她當著我的面，一邊貼，一邊還對另外二個女職員說：穿裙子！腿可多防著點。防什麼？防我啊！小滕，你說，我什麼時候刻意看她的腿啦？」

「算了，沒結婚的女人就是喜歡計較。」

「沒結婚？我還不一樣沒結婚。」

「這就對了嘛，讓她們點，什麼事都不會有。」

羅文德推開小滕撫拊的手站起來，注視小滕溜來轉去的眼睛，感覺小滕今天的態度有些裝腔作勢，那種虛浮的臉貌極爲陌生。

他默默走到小滕辦公桌後面，由第十層樓臺向下望，天色灰淡，高低錯落建築物下方來往移動的車輛彷彿傳來喇吧厲聲，透進腦髓。陡覺失去護持，些微移步，便將飄浮顚墜……

「朋友一場，就算作我錯，你替我擔待行嗎？」小滕接著說。

羅文德轉身盯著小滕，手壓辦公桌上的玻璃墊，愈想愈不對勁。認識這麼多年——高中同班，大學同校不同系，自己唸外文，小滕唸經濟，畢業後服完兵役到他的公司幫忙，算來已有超過十年的友誼——從沒看見小滕如此低聲下氣，他究竟在搞什麼鬼？

「眞要我向那個沒幽默感的女人認輸？」

羅文德內存的傲氣有些動搖。

「錯在自己，道個歉，算輸嗎？」

4

事實上他根本不在乎輸贏。

如果羅文德每耍一次幽默都能夠贏，即使是小贏，或許女人加諸他身上的誘因就漸轉單調乏味而不再起任何作用，偏偏輸贏的起落正像音樂的節奏，不時鼓舞他隨拍子反應爲行動。

論起輸贏，公司附近西餐廳那次，意與上羅文德便全然沒佔到絲毫便宜。

那天，也是中午。他吃完客餐，正啜飲服務生送來附加的咖啡，看見深色玻璃板停駐一隻細蚊，毛茸茸的枝節緊緊附貼，像老僧入定，沈靜不動。

「應該在草叢自由飛翔的東西，究竟怎麼跑進來的？多麼危險！任誰按下一根指頭，便可結束它的生命。」

如此推想，意識潛層好像藉這隻細蚊的處境傳來一組待解的密碼。最近這段日子，他經常被重複的噩夢驚醒——一個神色徬徨的男子，將臉敷貼緊閉的車窗，雙手握掌輕輕叩擊，像似沈溺深水，閉息求救——夢境和細蚊之間必然存在某種關聯，是誰讓細蚊飛進來向他出這道題目？答案呢？他出神推思，愈想愈迷惑。

「管他的，既然碰上，好歹救它一救。」

放下咖啡杯，他從桌上抽出牙籤，細蚊經他撥觸，滑落下來又定在玻璃板，最後飛起來，在空中繞個弧圈，掉進他的咖啡杯裏。

「老子想救你，你卻連我的咖啡也蹧蹋了！」

他覺得很不是滋味，貼近玻璃板想再找第二隻蚊子，玻璃板透明光亮，閃進眼裏的是餐廳走廊懨懨乾垂的板栗盆景，再過去是通衢大道紅綠燈前，等候通過的長排車隊。

「看你的吃相！」

凝神中，羅文德嚇了一跳。聲音發自鄰桌一位臉貌姣美，穿著入時的年輕婦人，蹙眉下垂吊的大耳墜不停晃盪。她同桌的男人，手穿薄膠套，握著鷄腿正往嘴裏送。

「不是我喜歡嘮叨，你的吃樣連畫農神噬子血淋淋圖像的哥雅，看了都會害怕。」

男人放下鷄腿，嘴中輕嚼，唯恐發出聲響，惹來新的痲煩。

「你說話啊！」

「我說話，妳一定又說我邊吃邊說不合衞生。」

「別以為我摸不著你的個性，嘴裏沈默，心中卻認為我不可理喻，是不是？」

「絕沒這個意思。」

尋常夫妻間的拌嘴罷，羅文德心想。他用耳朵去聽，只瞥了一眼，便轉頭不再理會。他從桌上拿出衞生紙擦嘴角，玻璃板上不知何時又飛來一隻細蚊，幾乎以相同的姿態駐足相同的地點，羅文德一陣驚喜，牙籤揑在手中，「這回該仔細救它，」稍微撥弄，細蚊飛了起來，他循著空中的細點，張大眼睛找尋它的踪影。

「窩囊廢！」

婦人憤怒的波震，敲進羅文德的耳膜，他感覺那隻可憐的細蚊受到波及，直墜掉落。餐廳一片寂靜，羅文德像置身鍊鋼的熔爐，混身一團燥熱。

「喂，這位大嫂，」想加以反擊的衝動，使他顧不了眼前的對象：「妳怎能用這種口氣對他說話。」

婦人先是一怔，而後警覺站在面前的陌生人挑釁意味十足，冷冷說道：

「關你什麼事？」

「天下人管天下事，這道理妳總該懂罷？」

「笑話！我們惹你啦？」婦人的表情變得更加凶猛：「你以爲自己是誰呀！」

羅文德也不甘示弱：「什麼惹不惹，再聽妳大聲罵人，我可不客氣！」

「不客氣，那要怎樣！」

冷峻的聲音發自羅文德眼中頗受委屈的那個男人，他鐵青著臉，雙手插腰，以高羅文德一個頭顱的魁梧身材，擺出隨時準備戰鬪的姿態。

事情的發展轉了完全出乎羅文德預料的大彎，使他頓感狼狽。好在緊繃僵持只維持幾秒鐘，餐廳經理很快走過來站在兩個顧客中間。

「羅先生是我們常客，對不起，一定有些小誤會。」

經理向那對夫婦深深鞠躬，手拉羅文德往櫃臺的方向走去。

5

羅文德回到自己的位置，辦公室只剩秀娟一個人在收拾抽屜，她的兩眼紅腫，臉色蒼白，辦公桌下方的白報紙成了明顯的大窟窿。

「如何開口才好？」

這問題鯁得他很難受。論機會現在是最好的，只要小滕不出來打岔，到秀娟面前道個歉，無論這位老妹怎麼反應都害不到雙方的顏面，羅文德心裏暗自盤計。

「如果每個女人都像小朱那樣好說話多好。」

想到小朱，又看到秀娟悲傷哭泣之後的柔弱樣子，他突然若有所悟地對近月來自己喜歡在女人面前擺姿態的行為感到詫異：小滕平日老闆架勢十足，為什麼從無所覺？而女人，即便是輕微謦欬，就像引起過敏斑疹，非抓幾下不可？

「就算看不慣女人的跋扈無禮想去挫折她們的氣燄罷，可是小朱呢？能找到比她更溫柔的女性嗎？我卻常羞辱她。」

一個禮拜前，有兩個遠從阿拉伯來販貨的洋客戶，小滕和羅文德在林森北路一家日本料理店招待他們喝菊正宗。凌晨酒宴結束，阿拉伯人各自摟著料理店的女招待搭車回他們落腳的飯店。天空落下微雨，小滕手搭羅文德肩膀，踉踉蹌蹌側臉瞇眼說：「走，我們到有香粉味的沙龍繼續喝。」或許不勝酒力，街道艷麗亮燦市招下，羅文德突然顫抖滲冷汗，感覺四周人潮掠進一羣不懷好意的魑魅，它們以傘遮掩，腳底濺踏水花，寒森森企圖圍來攝取他的生存精魄……

他跑去小朱的攝影工作室按她的鈴，一頭栽進牆角的沙發，直呼：「我一定生病啦！」

小朱解開睡衣胸扣，憂疑地扶羅文德的手摀貼她的胸懷。

「感受我的溫暖，你會暢快些。」

她嬌柔的笑靨撫摩羅文德的每一寸肌膚，而他，面對這帖似乎沒有多大效用的藥方，竟如嬰兒般放聲嗚嗚啜泣。

「今晚就留在我這裏。」

小朱幫他脫去鞋襪，伸手去拉他的領帶，羅文德從躺臥中跳起來。

「要從我的身體得到任何好處，休想！」他劃開小朱的手。

「你喝醉了。」

「不要騙我，妳只想抽乾我的骨髓。」

那晚的事情，羅文德只記憶到這裏，至於後來怎麼回到家，他已毫無印象。

「難道我有不滿情緒的時候，只敢找肢體比我柔弱的人下手？」

羅文德像似挖掘到長久儲積胸臆的問題癥結，感覺壓肩的背囊整個釋卸下來：「的確，該道歉的何止秀娟一個人。」

他走到秀娟面前：

「對不起，有件事我應該告訴妳。」

秀娟沒有擡頭，兀自撿拾抽屜裏的東西。

「實在很對不起。」

「對不起什麼？」

「關於妳辦公桌下的白報紙——」

秀娟黑鬱鬱卷曲髮絲覆蓋的深邃眼眸掉落兩行淚水。

「對不起，我是誠心來跟妳道歉的。」

「道什麼歉嘛？」

她用手帕擦乾淚水，可是淚水很快又從眼睛滲透出來。她拿起原子筆在辦公桌輕敲幾下，突然兩手伸入抽屜亂搓，發出像嗩吶高急的嗚咽：

「滕樹傑，你給我出來！」

羅文德滿面愁容，等待她乍然失控後能自動回省過來，可是女人仍舊激動高叫：

「滕樹傑，你給我出來！」

「聽我說，不關小滕的事，白報紙是我戳的。」

「誰管什麼白報紙啦，請你走開！」

羅文德第一次看到秀娟生這麼大的氣，他不再出聲，默站原地，內心沮喪極了。

小滕懷抱一疊帳册從小辦公室走出來，面帶仲裁者大公無私的微笑：

「秀娟，我都和老羅談過，他願意誠心道歉。」

「滕樹傑，你少跟我裝蒜！」

小滕依然笑意不改，溫聲溫語道：

「今晚我作東，大家和解如何?」

「也好，老羅在這兒，大家就攤開來講，我問你，你要我還是他。」

小滕望望秀娟，再望望羅文德。

「豈不是故意給我爲難嘛。」小滕說。

「你再要弄聰明，我將恨你一輩子。我是說她——」

秀娟把「她」拉得又高又長，從小滕魂魄幾乎飛散的尷尬樣子，羅文德立刻了解，秀娟口中的「她」，指的正是小滕的老婆。

稍加連綴，他已經明白整件事的端倪，頓時心中塞滿長時被戲弄的感受：

「滕樹傑這小子眞會設計，去年尾牙聚餐，他的老婆特地向我敬酒，還說：『老羅啊，什麼時候喝你和秀娟的喜酒。』秀娟只吃吃笑著，好像等待大家的祝福，這兩個人可眞沈得住氣。」

羅文德的心情並沒有因爲眞象大白而輕鬆下來，參與別人難以啓齒的秘密，雖是自己的好友，總不是一件好事。

他無心再逗留，這對情愛中的男女即使有爭執，自有他們的解決之道。他獨自順電梯走出大樓，天色尚早，午後下班人潮還未湧現，他沿這條高樓林立的大街，人行道整齊的淡紅色地磚逍遙漫步，愈走愈遠，最後進入一座公共電話亭。

「你在那裏？」對方傳來聲音。

「我在靜觀都市的風貌。」

「趕快來，我等著你。」小朱說。

「可是妳先得接受我的道歉。」

「道什麼歉嘛！」

放下話筒，因爲小朱肯原諒，他心頭湧上一陣溫暖，邊走邊想自己的未來以及處世待人的道理：

「眞該多花一點時間了解女人，避免萌生戲要她們的衝動，像秀娟的白報紙中央部位無端被我戳洞，她傷心哭泣，正是女性維護貞潔的表現……」

像徹悟的小沙彌，他蹦蹦跳跳滿心歡喜落下過街的地下道。

三民叢刊書目

三民叢刊31

與世界文壇對話

鄭樹森 著

本書收錄二十四篇專訪，作者以比較文學博士的豐富學養，深入分析報導當代世界文壇的趨勢和動態，在清楚掌握世界各地的文學發展之餘，反省本土文學，並期在原有基礎上更向前邁進。

三民叢刊32

捉狂下的興歎

南方朔 著

「捉狂」是這個時代的浪潮，「興歎」是剔除糟粕的膽識與能力。媚俗的年代有不媚俗的聲音，看南方朔如何在知識份子充滿機會主義的價值錯亂和譁眾取寵的時候，替未來的自由公民開道。

三民叢刊33

猶記風吹水上鱗

余英時 著

本書以紀念錢賓四先生的文字為主，賓四先生為一代通儒，畢生著作無不以重發中華文化之幽光為志。透過作者的描述，我們不僅能對賓四先生之志節與學術有深入的認識，並對民國以來學術史之發展有一概念。

三民叢刊34

形象與言語

李明明 著

藝術是以形象代替作者的言語，而在形象與言語之外，仍還有其他種種相關的問題。本書作者從藝術與時代、形式與風格、藝術與前衛、藝術與文化五個方面剖析西方現代藝術，使讀者能對藝術品本身及其相關論題有一完整的認識。

三民叢刊35

紅學論集

潘重規 著

本書爲「紅學論集」的第四本。作者向來主張《紅樓夢》一書爲發揚民族大義之書，數十年來與各方學者論辯，更堅定其主張。本書爲作者歷年來關於紅學討論文字的總結之作，也是精華之所在。

三民叢刊36

憂鬱與狂熱

孫瑋芒 著

輕狂的年少，懷憂的中年，從鄉下的眷村到大都會的臺北，從愛情到知識，作者以詩意的筆調、鋪陳豐饒的意象，表現生命進程中的憂鬱與狂熱。以純藝術表現出發，而兼及反應社會脈動，不但樹立了獨特的個人風格，也爲散文藝術開拓了新境界。

三民叢刊37

黃昏過客

沙究 著

「爲樸素心靈尋找一些普通相的句子」沙究在獲得時報短篇小說推薦獎時曾對他的寫作有如是的感言，他的作品就是最好的實踐。本書將帶領您從浮生衆相中探索人類心靈的面貌。

三民叢刊38

帶詩蹺課去

徐望雲 著

我們都或多或少的讀過現代詩，但對現代詩的了解卻很少，於是許多譁眾取寵的文字便假借現代詩的名義出現，讓「詩人」成爲一種笑話。本書以輕鬆的筆調、嚴肅的心情，引導讀者更接近、更了解現代詩。

國立中央圖書館出版品預行編目資料

黃昏過客／沙究著.--初版.--臺北市
：三民，民80
面；　公分.--(三民叢刊;37)
ISBN 957-14-0829-8 (平裝)

857.63　　80004405

黃　昏　過　客

著　者　沙　究
發行人　劉振强
出版者　三民書局股份有限公司
印刷所　三民書局股份有限公司
地址／臺北市重慶南路一段六十一號
郵撥／〇〇〇九九九八——五號
初　版　中華民國八十年十二月
編　號　S 85220
基本定價　叁元壹角壹分
行政院新聞局登記證局版臺業字第〇二〇〇號

ISBN 957-14-0829-8 (平裝)